KB183032

우리는 조금 더 떠나도 됩니다

우리는 조금 더 떠나도 됩니다

전망키 전은재 지음

구석구석 여행자 전망키의 나를 찾아 떠나는 여행

Booksgo

프롤로그

여행의 힘

수년간 여행하며 느꼈던 건 여행에는 특별한 힘이 있다는 사실입니다. 알 수 없는 용기가 생긴다거나 행복했던 추억을 떠올리게 한다거나 말이죠.

어느덧 여행 작가로 살아온 지 9년 차입니다. 여전히 많은 곳을 여행하고 수많은 감정을 느끼며 여행의 위대한 힘을 온몸으로 깨닫는 중입니다. 여행을 업으로 삼으니 주변에서 묻는 질문 중 하나가 "좋아하는 일을 업으로 삼으면 싫어지지 않아?" 였습니다.

이 질문이 나올 때마다 항상 똑같은 대답을 하곤 합니다.

"물론 여행이 언제나 즐거울 순 없지. 근데 있잖아, 기분이 안 좋은 날에 우연히 예쁜 노을을 보았다던가, 기대하지도 않았는데 예상외로 풍경이 너무 예쁘다던가. 그러면 그 순간이 좋았던 기억으로 남지 않아? 나한테도 그런 것 같아. 사소하지만 하나라도 좋게 기억되면 그 모든 순간이 행복한 여행이 돼. 그래서 질리지 않아."

이 책도 그러했으면 합니다. 제가 여행지에서 느꼈던 사소한 감정, 그곳에서만 느꼈던 분위기를 부족한 글솜씨로나마 적었습니다. 공감되는 부분이 있다면 행복했던 추억을 떠올리며 흐뭇해도 좋고, 마음에 드는 여행지를 발견했다면 여행을 계획하면서 설렜으면 합니다. 책을 읽으면서 여행의 힘을 오롯이 느껴볼 수 있으면 좋겠습니다.

전망키 전은재

차례

01

마음을 비우는 여행

02

동심을 찾는 여행

03

모험을 떠나는 여행

04

여유를 즐기는 여행

지역별로 여행 찾기

경상도

전라도

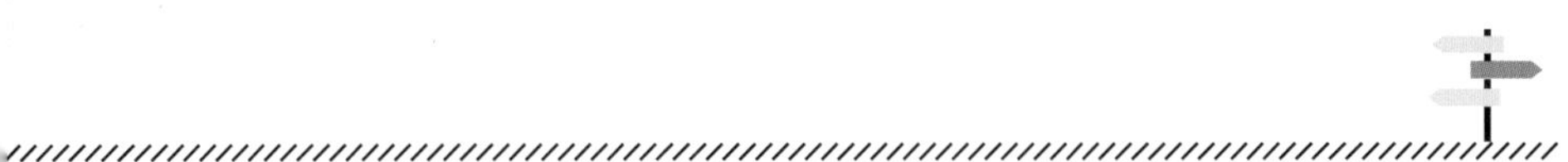

01

마음을 비우는 여행

월정사, 청량한 숲길에서 마음을 비워 내다
연화도, 바다로 마음을 가다듬다
굴업도, 훌쩍 떠난 여행으로 나를 찾다
용월사, 한국의 극락세계에서 풍류를 즐기다
대장봉, 답답한 마음을 뻥 뚫다
정동진, 새로운 시작을 다짐하다
달마고도길, 전환점을 맞이하다
예단포 둘레길, 아무도 없는 곳에서 마음을 비우다
관방제림, 자연으로 치유하다
진달래동산, 보라빛으로 가득 채우다
소양고택, 나를 위한 시간을 보내다
포항, 부지런한 하루를 담다

{ 강원 평창 }

마음속을 비워 내고 싶을 때, 오대산 월정사

추천 계절 : 사계절

할 일은 없지만, 마냥 누워 있는 게 초조한 날들이 있다. 알 수 없는 무언가 때문에 마음속이 꽉 막혀 지쳐가는 날들도 있다. 오늘만큼은 가득 비워 내고 싶어 조용한 곳을 물색했다. 그렇게 찾은 곳이 바로 청량한 숲길에 잔잔한 분위기가 흐르는 강원도의 한 사찰인 월정사다. 당장이라도 뛰쳐나가고 싶었기 때문에 고민할 필요가 없었다. 이른 새벽부터 길을 나서 마음을 조금이라도 덜어 줄 그곳으로 갔다.

굽이굽이 이어진 산길을 내달려 월정사로 들어가는 청량한 숲길에 들어섰다. 햇볕을 따라 길이 밝아왔고 사르르 불어오는 바람에 나뭇잎이 스르륵 소리를 냈다. 출발이 좋다. 역시 오길 잘했다고 생각하며 천천히 숲길을 따라 거닐었다.

숲길은 고즈넉했다. 쫑알쫑알 울어대는 새소리와 길게 뻗은 전나

무 그리고 졸졸 흐르는 물소리까지 어느 하나 감성적이지 않은 게 없었다. 2km나 되는 거리에 빽빽하게 들어선 전나무는 왠지 모르게 나의 몸을 감싸 주며 토닥여 주는 것 같았다. 여유롭게 걷다 보니 어느새 마음속 근심과 걱정은 사라지고 그저 자유로운 기분을 느꼈다.

전나무숲길을 벗어나 드디어 월정사로 향했다. 깔끔하게 정돈된 사찰은 차분한 느낌이 들었다. 바라보고 있으면 마음이 편해진달까. 마음속을 한가득 비워 내고 싶은 나에게는 더할 나위 없는 곳이었다. 차분함, 깔끔함, 잔잔함 내가 가장 좋아하는 수식어를 모두 갖다 붙여도 어색하지 않을 만큼 말이다.

사찰 경내에는 월정사의 자랑인 팔각구층석탑을 중심으로 단아하고 고즈넉한 경치가 펼쳐져 있었다. 그중에서도 석탑 옆에 있는 석조보살좌상은 반만 무릎을 꿇고 예배 공양을 드리는 독특한 자세를 하고 있어 구경하지 않을 수 없었다.

천천히 경내를 거닐었다. 띵, 띵, 띵. 바람에 흔들리는 종소리에 마음이 그저 편안해진다. 오늘은 비우고 돌아가기로 했으니 이 여유를 조금 더 느껴 보려 한다. 그렇게 사찰 주위를 빙빙 돈 후 한 켠에 앉아 월정사의 풍경을 눈에 담았다. 마음이 조금 더 편안해질 수 있도록 말이다.

알찬 여행 TIP

- 월정사 전나무숲길은 2km 정도 이어져 있습니다.
- 월정사 안에 있는 분위기 좋은 찻집에서 여유롭게 차 한 잔을 즐겨 보세요.
- 사찰문의 프레임을 이용해 사진을 촬영하면 예쁜 사진을 얻을 수 있답니다.

{ 경남 통영 }

세 번이나 찾아간 이유, 연화도

추천 계절 : 사계절

연화도는 무언가 특별하다. 뭐랄까. 자꾸 찾게 되는 매력이 있달까. 인천에서 통영까지의 거리는 6시간, 통영항에서 연화도까지의 거리는 1시간 정도로 총 7시간이 소요됨에도 매년 찾게되는 곳이다.

연화도를 세 번씩이나 방문했던 건 나름의 이유가 있어서다. 첫째로는 TV에서 한 연애 프로그램을 본 후에 이 섬이 너무나도 궁금해져서, 둘째로는 천천히 걸어 보면서 이곳을 느껴 볼 요량으로, 마지막으로는 누군가에게 이 찬란한 풍경을 보여 주고 싶어서다. 참 묘하다. 처음에는 나만 알고 싶은 섬이었는데 이제는 누군가에게 알려 주고 싶은 섬이 되어 버렸다.

몇 번이나 걸었던 곳인데도 연화도로 향하는 발걸음은 늘 새롭고 설렌다. 날씨에 실패해 본 적도 없다. 그저 덥고 춥고의 차이였을 뿐이다. 생각해 보면 연화도의 날씨는 늘 맑고 쾌청했다. 미세먼지가 껴 본 적도 비가 오거나 흐린 적도 없었다. 그 덕분에 연화도에서 항상 예쁜 풍경을 만났을지도 모른다.

세 번의 방문 끝에 연화도로 가는 모든 과정을 오롯이 간직하는 법을 터득했다. 에메랄드빛을 한껏 머금은 남해의 바다를 두 눈에 담거나, 남해가 거느리고 있는 수백 개의 섬을 구경하면 된다. 그렇게 하면 통영항에서 연화도로 향하는 1시간을 머릿속에 생생히 넣을 수 있다.

7시간이 지나고, 그리웠던 이곳에 드디어 도착했다. 본격적인 트레킹을 하기 위해선 무지막지한 언덕을 올라야 한다. 저곳을 기점으로

왼편은 연화리로 향하는 코스, 오른편은 연화봉으로 향하는 코스로 나뉜다. 어찌 됐든 두 코스 모두 난코스다. 왼편으로는 수도 없이 걸어야 하고 오른편으로는 경사 높은 언덕을 올라야 하니 말이다.

보물 같은 풍경이 왼편에 몰려 있어, 연화도를 방문할 때면 항상 왼편부터 걷곤 한다. 이번에도 왼편부터 여행을 시작했고, 기대한 만큼 말도 안 되는 풍경을 끊임없이 마주쳤다. 깎아 내린 듯한 절벽이며 푸른 바다에 스르르 비치는 햇빛까지 무엇 하나 아름답지 않은 게 없었다.

바다를 끼고 천천히 걷다 보면 옹기종기 모여 있는 동두마을이 나타난다. 동두마을은 섬 끝자락에 있는 작은 마을이다. 더 조용하고 더 연화도스러운 곳이니, 연화도에서 1박을 하고 싶다면 어촌계보다는 이곳에서 묵는 것을 추천한다. 물론 넉넉한 인심도 함께 느껴볼 수 있다.

동두마을 뒤편에는 출렁다리가 있다. 제법 높은 곳에 있어 연화도를 한눈에 조망할 수 있는 곳이다. 흔들흔들 넘실거리는 재미는 덤이다. 보물 같은 풍경을 하나씩 내려다보는 재미도 있으니 이곳이 연화도의 하이라이트라고 볼 수 있겠다.

이제는 오른편으로 떠나보자. 오른편으로 가면 불심을 가득 느낄 수 있다. 그도 그럴 것이 연화도는 사찰 순례로 유명한 섬이다. 약 500년 전, 연산군의 억불정책으로 피신해 온 승려가 깨우침을 얻어 도인이 되었고, 이곳에 입적하면서 바다에 수장시켜 달라는 말을 남겼다. 제자들과 주민들이 함께 도인을 수장했더니 도인의 몸에서 연꽃이 피어났고, 이에 따라 섬 이름은 '연화도'로 불리게 되었다. 그 불심을 확인해 볼 수 있는 곳이 바로 연화사와 연화봉 그리고 보덕암이다.

불심 얘기는 뒤로하고, 가파른 산길을 따라 연화봉 정상에 도착하면 빼어난 풍경이 펼쳐진다. 특히 사방을 아우르는 망양정은 정상에서 빠져서는 안 될 풍경이다. 제법 가파른 길을 올라 힘이 든다면 이곳에서 편히 쉬어가도 좋다. 왠지 모르게 마음이 편안해지는 곳이니 말이다.

오른편 코스에서 가장 자랑하고 싶은 풍경은 바로 용머리해안이다. 망양정에 앉아 파도와 맞닿는 부분을 수백 번 멍하니 바라보곤 했다. 그만큼 묘한 곳이다. 아무 생각 없게끔 만드는 곳이니, 복잡한 마음으로 연화도를 걷고 있다면 이곳에서 끊임없이 쉬어가는 것이 좋다.

연화도는 걷기만 하면 되는 섬이다. 아무 생각 없이 무언가 정리하고 싶거나, 무언가 덜어 내고 싶을 때마다 연화도를 찾았다. 걷다가 문득 보이는 바다가 좋았고, 초록색으로 둘러싸인 풍경도 좋았다. 그렇게 걷다 보니 무언가 정리되었고 무언가 덜어졌다. 그런 곳이 바로 연화도다. 마음이 편안해지는 이 섬을 모두 함께 나눌 수 있길 바란다.

알찬 여행 TIP

- 연화도에는 여름에 수국길이, 겨울에는 동백길이 열려요. 계절에 따라 다른 매력을 느낄 수 있답니다.
- 이웃 섬인 우도에 연륙교가 놓여 있어 연화도와 함께 둘러보면 좋습니다.

{ 인천 옹진 }

한국의 갈라파고스, 굴업도

추천 계절 : 봄, 여름, 가을

우리나라 북서쪽 끝자락에는 자그마한 섬이 있다. 지도를 자세히 들여다봐도 보일까 말까 한 작은 섬 말이다. 어떻게 이 섬을 찾게 된 건지 아직도 그 이유는 모르지만, 이 섬이 기괴했던 것은 기억난다. 푸른 초원이 펼쳐진 언덕과 모래사막, 밤하늘에 빼곡하게 박힌 별을 보며 '우리나라에 이런 섬이 있다고?'라는 생각이 절로 나는 곳이었다.

그렇게 굴업도와의 인연은 시작됐다. 참고로 굴업도는 무엇보다 아름다운 풍경을 지녔지만, 겨울은 비수기기 때문에 민박집을 운영하지 않을 뿐더러 황량한 느낌까지 들어 봄, 여름, 가을에 여행하는 것을 추천한다.

섬 중앙을 기준으로 왼편으로는 모래사막이 펼쳐진 덕물산과 연평산이 있고, 오른편에는 바다와 초원이 펼쳐진 개머리언덕이 있다.

작은 섬인 만큼 3시간 남짓이면 한 바퀴를 도는데 충분하니 어느 곳으로 걷든 상관은 없다. 혹시나 작은 섬이라고 해서 볼 것이 없다고 생각한다면 그것은 큰 착각이다. 오히려 섬을 온전히 느끼기엔 하루라는 시간은 너무나도 짧다.

이른 오전에 출발했던 터라 피곤한 상태였지만, 피곤함보다는 설렘을 느끼며 짐을 풀고 곧장 트레킹을 시작했다. 오늘의 코스는 덕물산과 연평산의 모래사막을 둘러본 후 개머리언덕까지 올라 노을을 바라보는 것이다.

부지런히 발걸음을 옮겨 덕물산과 연평산의 중간쯤에 도착했다.

이곳은 풍화 작용으로 인해 사막의 형태를 띠고 있는 곳으로, 우리나라의 몇 없는 특이한 사막 지형 중 하나다. 해변 방향으로는 독특한 모양의 바위가 보이는데 마치 코끼리 같다고 하여 '코끼리바위'라고 불린다.

사막 한가운데 작게 솟은 나무에 잠깐 앉아 흠뻑 흘린 땀을 닦았다. 잔뜩 여유를 부린 후, 다시 개머리언덕으로 발걸음을 옮겼다. 이제부터가 굴업도의 정수다. 이 풍경에 반해 세 번이나 굴업도를 갔다.

언덕에 올라 드넓게 펼쳐진 초원을 바라보니 마치 딴 세상에 뚝 하고 떨어진 것만 같았다. '개머리언덕'이라는 별명은 해안에서 바라볼 때의 언덕 모양이 마치 개머리를 닮았다 하여 붙여졌다고 한다. 투박한 이름이지만 언덕에 올라 가만히 내려다보니 왠지 '개머리'라는 단어가 감성적으로 느껴졌다.

언덕 위 아무 곳에나 털썩 앉고 가만히 시간을 보냈다. 사방이 트여 있어 어느 곳으로 시선을 돌려도 바다가 보였다. 햇빛에 반짝이는 바다를 보고 있노라면 그저 행복할 뿐이었다. 천천히 그리고 오롯이 간직하고 싶은 마음에 아무 말 없이 바다를 바라보았다. 마침 수평선 뒤로 해가 넘어간다. 붉게 물든 바다에 마음속 무거운 짐 덩어리를 한껏 덜어 본다.

알찬 여행 TIP

- 항구를 중심으로 덕물산과 연평산, 개머리언덕을 나눠서 둘러보는 것을 추천합니다.
- 인천항에서 굴업도 직항편이 생겨 덕적도에서 환승할 필요가 없어졌습니다.
- 섬에 식당이 없어 민박집 식사 예약이 필수입니다. 민박집은 다양한 간식거리도 함께 판매하고 있습니다.
- 노을 시간에 개머리언덕에 오르면 더욱 예쁜 풍경을 만날 수 있습니다.

{ 전남 여수 }

극락세계로 가는 여정, 용월사

추천 계절 : 봄

불교에서는 아무런 걱정이 없는 안락한 세계를 '극락세계'라고 표현한다.

마음이 차분해지는 사찰과 수줍은 듯 분홍빛을 머금고 피어난 벚꽃 그리고 보석을 풀어놓은 듯 바다가 펼쳐져 있는 이곳이 바로 극락세계가 아닐까. 용월사는 자타공인 벚꽃에 미친 자인 '벚친자'가 인정하는 벚꽃이 가장 아름다운 곳이다.

전국 팔도 내로라하는 벚꽃 명소 중에서도 지금까지 가 본 곳 중 가장 기억에 남는 곳을 꼽으라면 단연코 이곳을 선택하겠다. 용월사를 처음 봤던 모습이 뇌리에 깊게 박혔기 때문이다. 바람, 벚꽃, 바다… 정말 꼭꼭 감춰 두고 아무에게도 알려 주고 싶지 않은 선물을 받은 느낌이었다. '바다 위 사찰'이라는 별칭을 지닌 곳답게 바다와 맞닿은 듯한 수려한 경관은 엄청났고 간간이 심어진 벚꽃나무는 신비롭기까지 했다.

매번 같은 느낌의 사찰과 벚꽃길에서 사소한 감동을 얻곤 했는데 여기서는 망치로 머리를 띵 하고 맞은 듯했다. 특히 용왕전으로 내려가는 108계단은 용월사에서만 볼 수 있는 특별한 풍경이다. 문 너머로 보이는 에메랄드빛 바다와 분홍 벚꽃의 조합은 마치 극락세계로 도달하는 문 같았다. 짧은 구간이지만 계단을 오르내리며 얻는 기분은 이루 말할 수 없을 정도로 완벽했다.

그렇게 천천히 산책을 즐기다 보니 행복에 대한 기준이 조금 더 명확해졌다. 그저 지금 이 순간에 만족하고 행복을 느끼는 것, 이런 예상치 못한 행복감을 느끼기 위해 여행을 하는 것. 행복은 이런 게 아닐까. 내가 무슨 말을 하는지 글로만 봐서는 절대 이해 못할 거다. 이 말을 이해하고 싶다면 벚꽃이 필 때 꼭 한번 용월사에 들러보길 바란다.

알찬 여행 TIP

- 용왕님을 모신 용왕전 뒤에는 화려한 벚꽃나무가 하나 있습니다.
- 벚꽃이 풍성한 108계단에 사람이 서 있고 위에서 아래로 사진을 촬영하면 멋진 사진을 얻을 수 있습니다.

{ 전북 군산 }

답답한 마음을 뻥 뚫어 주는 여행, 대장봉

추천 계절 : 여름

2021년, 전 세계가 멈춘 듯한 시절이 있었다. 어느 곳이든 마스크를 껴야 했고 말을 조심해야 했으며 심지어는 만남도 자제해야 했다. 불현듯 찾아온 불청객, 코로나가 세상을 멈추었다.

여행을 일로 삼고 있는 나에겐 더욱이 시간이 멈춘 듯했고 불안한 마음만이 가득했다. 쉼이 필요했고 떠남이 필요했다. 이대로 좌절하며 방 안에 갇혀 있기엔 시간은 흘러가야 했으니 말이다. 그렇게 고민하고 또 고민하며 떠올린 게 등산이었다. 속이 뻥 뚫리는 풍경을 보고 싶었고 그렇게 찾은 곳이 바로 대장봉이었다.

대장봉은 가성비 여행지로도 유명하다. 고작 30분 남짓이면 정상까지 오를 수 있는 야트막한 산이지만 풍경만큼은 개인적으로 다섯 손가락 안에 꼽을 정도로 아름답다. 오르는 길목은 두 곳이다. 왼편으로

가면 산길을 따라 완만하게 굽이 오르는 길이 있고, 오른편으로 가면 가파른 경사를 자랑하는 계단이 있다. 천천히 돌아갈 요량으로 왼편의 산길을 선택했다. 더운 날씨에 땀을 흠뻑 흘렸지만, 오랜만에 마스크에서 해방된 덕분인지 "덥다"라는 말보다 "시원하다"라는 말이 터져 나왔다.

쉼 없이 올라 어느덧 대장봉 정상에 도착했다. 그리고 드넓게 펼쳐진 풍경과 마주했다. 두 발아래 물길 따라 이어진 바다가 있었고 여러 섬과 멋들어진 다리가 펼쳐져 있었다. 답답한 속이 뻥 뚫리는 기분이었다. 제법 널찍한 바위 위에 앉아 풍경을 가만히 바라보며 생각에 잠겼다.

'역시 사람은 여행을 해야 해.'

다시 한번 여행의 힘을 깨닫는 순간이었다.

알찬 여행 TIP

- 정상까지 쉬지 않고 오른다면 30분 정도 소요됩니다.
- 전망대 기준 왼편에 있는 큰 바위에서 촬영하면 예쁜 사진을 얻을 수 있답니다.

{ 강원 강릉 }

새로운 시작점, 정동진과 정동심곡 바다부채길

추천 계절 : 겨울

12월 31일 오후 11시 20분, 이때쯤 정동진으로 향하는 기차는 항상 만석이다. 꼬박 5시간을 내달리는 기차는 어두운 밤을 지나 고요한 새벽까지 쉴 틈 없이 달린다. 한 칸에는 밝은 조명 탓에 잠을 못 이루는 사람이, 또 다른 칸에는 친구들과 소곤소곤 이야기를 나누는 사람이 보인다. 아무렴 어때, 어차피 기차는 달릴 텐데. 그렇게 꼬박 5시간이 걸려 우리의 목적지인 정동진에 도착했다.

6년 전쯤이던가. 스무 살이 되기 직전에 친구와 함께 일출을 보겠다며 기차표 한 장을 손에 들고 정동진으로 향했던 적이 있다. 빈 좌석이 없어 차디찬

바닥에 엉덩이를 붙였다. 행여 다른 사람에게 피해 가는 건 아닐까 노심초사하며 문 앞에서 찬바람을 맞아가며 5시간을 버텼다. 젊음이 최고랬던가. 그렇게 추웠던 겨울날도 설렘으로 버틸 수 있었고 가장 잊지 못할 스무 살의 첫 번째 해를 맞이할 수 있었다.

6년 후의 정동진은 사뭇 달랐다. 정동진역 안에는 추위를 피해 아늑히 쉴 수 있는 맞이방이 생겼고 역 앞에는 출출한 배를 채워 줄 포장마차가 생겼으며, 근처에는 다양한 카페들이 늘어났다. 그렇게 뜨끈한

우동 한 그릇으로 배를 채우고 24시간 카페에서 추운 몸을 녹이며 정동진에서의 두 번째 일출을 편히 기다렸다. 얼마나 더 기다렸을까. 사람들은 시간이 됐다는 듯 하나둘 해변으로 향하기 시작했다. 나도 천천히 바다 내음을 느끼며 정동진의 대열에 합류했다.

해변으로 향할수록 바다 내음은 짙어졌고 파도 소리가 귀를 간지럽혔다. 수평선 너머 하늘은 점점 밝아오고 서서히 붉은빛이 솟아올랐다. 살을 에는 듯한 바람에 몸을 웅크리면서도 시선은 자꾸만 동쪽 하늘로 향했다. 6년 전 그날은 어땠을까. 괜스레 추억을 회상하며 둥근 해가 떠오르길 기다렸다.

이내 바다 위로 붉은 해가 솟아올랐고 그때와 마찬가지로 소원 하나를 빌기로 결심했다. 다음에도 건강하게 돌아와 이곳에서 일출을 볼 수 있도록 해 달라고 말이다.

해돋이를 감상한 후, 정동진에서 20분 정도면 닿을 수 있는 정동심곡 바다부채길로 천천히 발걸음을 옮겼다. 이 바닷길은 수십 년간 군사지역으로 묶여 있던 탓에 공개된 지 얼마 되지 않은 곳이다. 스무 살이었던 나는 들어갈 수가 없었고 그저 멀리서만 바라볼 수 있는 그림의 떡이었던 이곳이 몇 년이 흐른 뒤에야 들어갈 수 있게 된 것이다.

'정동'은 임금이 거처하는 한양에서 정방향으로 동쪽에 있다는 뜻이고, '심곡'은 깊은 골짜기에 둘러앉은 마을이라는 뜻, '바다부채길'은 탐방로가 설치된 바다 지형이 부채를 펴 놓은 것과 같다하여 붙여진 이름이다. 이 세 가지 의미가 담긴 곳이 바로 '정동심곡 바다부채길'이다. 꽤 긴 이름이지만 하나씩 조합하다 보면 왠지 모르게 정감이 간다.

걷는 길은 썬크루즈 호텔에서 시작하거나, 심곡항에서 시작하는 방법이 있다. 물론 체력이 허락한다면 왕복으로 걸어도 무방하다. 나는 정동진에서 일출을 봤기 때문에 썬크루즈 호텔을 따라 천천히 바닷길을 걸었다.

피곤함이 역력했지만 기분만큼은 최고조에 달했다. 걷는 길 내내 보이는 하늘과 바다 그리고 파도 소리까지 완벽했다. 바다 옆으로는 어디서도 쉽게 찾아볼 수 없는 기암괴석들도 즐비해 한 걸음 한 걸음 걸으며 풍경을 감상하는 재미도 쏠쏠했다. 몇 시간 전까지 그렇게 고요했던 바다는 다시 활기를 찾은 것처럼 바위에 파도를 뿌리며 우릴 격하게 맞아 주었다.

알찬 여행 TIP

- 정동심곡 바다부채길은 약 3km의 길이로 천천히 걷는다면 도보 1시간 정도 소요됩니다.
- 2025년 1월 기준 정동진역으로 향하는 새벽 기차는 없어졌습니다.

전환점이 필요할 때,
달마고도길

추천 계절 : 봄, 여름, 가을

전환점이 필요했다. 내 안에 답답한 무언가를 가득 비워 내고 싶었고 아무것도 신경 쓰기 싫었다. 달마고도길을 만났던 건 단순한 우연이었다. 하루하루 무기력에 빠져 있을 때 선배에게 한 통의 연락이 왔다. "해남에 좋은 길이 있는데, 한번 걸어 볼래? 네가 걸으면서 할 일은 지친 마음을 이곳에 버리는 거야." 걷고 싶고 비우고 싶었기에 거절할 명분이 없었고, 단숨에 선배와 함께 해남으로 향했다.

달마고도길은 미황사부터 시작해 달마산을 한 바퀴 도는 순환형 코스다. 무려 17km에 달하는 길이지만, 평탄한 길이 대부분이라 천천히 걷기 좋은 길로도 알려져 있다. 또 한 가지 특징은 기계의 힘을 전혀 빌리지 않고, 순수 인력으로만 닦아 낸 길이라는 점이다. 오랜 시간 방치되었던 산길을 하나하나 정성스럽게 닦아 내 지금의 길이 탄생한 것이다.

달마고도길 초입으로 들어서자 마자 거대한 바위와 만났다. 거대한 바위 밑에는 나뭇가지들이 세워져 있었는데, 이 나뭇가지들은 지나가는 사람들이 바위가 무너지지 않길 바라는 마음으로 하나씩 두고 간 흔적이란다. 조그마한 나뭇가지들이 어찌 바위를 받치고 있겠냐마는 그저 귀여운 풍경에 미소가 흠뻑 지어졌다. 왠지 시작이 좋다.

달마고도길은 마치 재밌는 탐험과도 같았다. 평탄하게 다져진 흙길이 나오기도 했고, 가끔은 바위로 이루어진 울퉁불퉁한 길이 나오기

도 했으며, 곳곳에는 의미를 부여하기 좋은 보석 같은 식물들이 숨어 있기도 했다. 이때부터 달마고도길의 매력에 흠뻑 빠졌다. 하나하나 무심히 그 자리를 지키고 있는 이 길이 참 매력적이었다.

그렇게 한참을 걸었을까. 임도길을 마주쳤다. 이미 달마고도길을 걸어 본 선배가 자신 있게 말했다. "여기부터가 달마고도길의 하이라이트야." 무엇이 있길래 그리 자신 있게 말하는 것일까. 서둘러 임도길을 따라 걸었다.

임도길 끝에 마주한 건 달마고도길에서만 볼 수 있다는 너덜겅 지대(돌들이 깔려 있는 지대)였다. 저 멀리 보이는 기암괴석하며 돌로 이루어진 너덜겅이 그저 신기하기만 했다. 차분하게 걸으며 하나씩 살펴보는 재미도 놓칠 수 없었다. 그렇게 천천히 살펴볼 즈음 선배가 앞으로 이런 너덜겅 지대가 계속 등장할 테니 이곳이 보이면 잠깐의 휴식을 갖자는 하나의 규칙을 정했다. 이런 풍경이 가득하다니, 그저 신기함에 고개를 끄덕거리며 너덜겅 지대를 건넜다.

기쁜 마음으로 한참을 걸었을까. 예상치 못한 선물이 등장했다. 해남의 작은 마을이 파노라마처럼 펼쳐진 것이다. 발아래 조그마한 마을을 내려다본다는 게 숲길과는 또 다른 매력이었다. 마치 다른 세계를 본 것처럼 한참 동안 눈을 떼지 못했다. 해가 저물어가는 시간에 가까워져 서둘러 발걸음을 옮겼다. 이번엔 조금 더 오래 걷기로 했다. 슬슬 힘에 부치는 상태였지만 발걸음을 옮길 수밖에 없었다.

그렇게 한참을 걸었을까. 드디어 마지막 휴식이 다가왔다. 오랫동안 걸었으니 마지막 휴식처에서는 조금 더 길게 쉬어가기로 했다. "여기만 지나면 코스는 끝이야"라는 선배의 말에 기쁨과 아쉬움이라는 복잡 미묘한 감정을 느끼며, 달마고도의 공기를 한껏 들이마셨다.

해가 저물어 갈 무렵, 드디어 달마고도길 끝에 도착했다. 아마 가장 힘에 부쳐 있을 시간이었을 거다. 하지만 예상치 못한 편백나무숲이 보이자 언제 그랬냐는 듯 어린아이처럼 다시 활력이 솟기 시작했다. 달마고도길 끝에 이런 풍경이 숨어 있을 줄이야. 눈을 돌리자 숲속을 산책하는 귀여운 다람쥐 한 마리도 보였다. 동심에 빠져들기에 최고의 장소였다. 드디어 완주했다는 기쁨도 한몫했다.

그렇게 마지막 너덜겅 지대를 지나고 달마고도길을 완주했다. 잠시 동안 힘들었던 기억들이 스쳐 지나갔고, 달마고도길은 나에게 고생했다며 따뜻한 햇볕을 선사했다. 왠지 모를 포근함에 눈물이 조금 새어 나왔다. 참, 달마고도길의 상징인 미황사는 다음을 기약할 구실을 만들기 위해서 남겨 두기로 했다.

알찬 여행 TIP

- 탐방 코스는 미황사~큰바람재~노지랑골사거리~몰고리재~미황사로 되어 있으며, 약 17.7km 거리로 8시간 정도 소요됩니다.
- 코스 내 매점이 없으니 미리 간식거리를 준비해 가면 좋습니다.
- 코스가 제법 길기에 편하고 가벼운 복장을 추천합니다.
- 너덜겅 지대와 편백나무숲에서 예쁜 사진을 남겨 보세요.

{ 인천 영종도 }

인천 시민의 비밀 명소, 예단포 둘레길

추천 계절 : 사계절

인천 시민으로 살아온 지 어느덧 16년째다. 인천의 온갖 여행지란 여행지는 모두 돌아봤다고 자부했는데 어찌 이곳을 모르고 살았을까. 영종도에 간다면 꼭 한번 예단포 둘레길을 들러보시라.

영종도 초입에 자리한 조그마한 항구인 예단포항의 근처에는 자그마한 둘레길인 예단포 둘레길이 숨어 있다. 사계절 모두 아름다운 곳으로 제주를 닮은 특유의 분위기가 매력적이다. 처음 갔을 때는 그저 이름도 없는 산책길이었다. 영종도의 사업 중 하나였던 '미단시티'를 따와 '미단시티 공원 산책로'라는 이름으로 불렸던 그저 조그마한 산책길이었다.

이름도 몰랐던 올망졸망한 숲길을 탐험하듯 걷고 쉬고를 반복하고 조용히 소리에 귀를 기울이다 보면 어느덧 산책길이 등장한다. 좁

은 길목을 따라 목책이 설치되어 있고 목책 왼편에는 푸릇한 풀숲이 그리고 오른편에는 바다가 보이는 신비로운 산책길이 나 있다.

이곳을 처음 마주했을 때, 가장 먼저 들었던 생각은 제주였다. 그것도 나만의 작은 제주. 나만을 위한 여행을 하고 싶은 날이라면 언제든 찾을 수 있는 작은 휴식처 같았다. 그만큼 예단포 둘레길은 애정이 가는 공간임이 분명했다.

물때 시간에 맞춰 물이 차올랐다. 해는 뉘엿뉘엿 저물어가고 이내 붉게 물든 바다가 모습을 드러냈다. 벅찬 감정을 안고 바다를 바라볼 수 있는 곳이 있다니. 아, 행복한 시간이다. 아무도 없는 곳에서 생각을

정리하고 싶다면 이곳으로 와 바다를 쳐다봐라. 누구나 이곳에서 마음을 비우길 바란다.

알찬 여행 TIP

- 예단포 둘레길은 생각보다 코스가 짧아 왕복 30분 정도 소요됩니다.
- 해가 지는 시간에 간다면 더욱 예쁜 사진을 건질 수 있습니다.

답답한 속이 뻥 뚫리는 기분이었다.

제법 널찍한 바위 위에 앉아 풍경을 가만히 바라보며

생각에 잠겼다.

'역시 사람은 여행을 해야 해.'

{ 전남 담양 }

메타세쿼이아의 도시, 관방제림과 메타세쿼이아길

추천 계절 : 가을

우리가 흔히 걷는 길의 가로수는 온통 메타세쿼이아다. 심지어 시골집 앞에서도 흔히 볼 수 있는 나무가 바로 메타세쿼이아다. 그중에서도 메타세쿼이아를 대표하는 도시가 있다면 바로 담양이다.

담양에 메타세쿼이아가 유독 많은 이유는 담양에서 묘목을 주로 생산하기 때문이다. 이 때문에 메타세쿼이아길이 자연스레 생기게 되었고, 더 나아가 전라도 지역 곳곳에 메타세쿼이아길이 생겨났다. 그만큼 메타세쿼이아는 담양 사람들의 자부심으로 자리 잡았다.

그 덕분일까. 담양은 전국에서 메타세쿼이아를 구경하기 가장 좋은 도시가 되었다. 특히 가을에는 온통 빨갛게 물든 메타세쿼이아길을 구경할 수 있어, 담양의 가을을 제대로 느낄 수 있다.

담양에서 산책하기 좋은 여행지 두 곳으로는 관방제림과 메타세

쿼이아길을 추천한다. 두 곳은 인접해 있어 뚜벅이로도 충분히 여행할 수 있는 곳이다.

관방제림은 길 전체가 천연기념물로 지정될 만큼 아름다운 여행지 중 한 곳이다. 홍수를 막기 위해 지어진 곳이지만 여름에는 시원한 그늘로 쉼터가 되어 주고 가을이면 메타세쿼이아가 빨갛게 물들어 아름다운 산책길이 되어 준다.

관방천을 따라 이어진 메타세쿼이아길은 전국에서도 아름다운 하천길로 손꼽히는데 그 덕분에 '아름다운 도시숲 50선'에 선정되었다. 천변을 따라 이어진 산책길과 더불어 하천에 보이는 메타세쿼이아는 왠지 모르게 포근한 감성을 더해 주어 걷다가 멈춰서기를 반복하며 멍때리기에 좋은 여행지였다.

관방제림을 따라 길의 끝 지점에 다다르면 메타세쿼이아길이 바로 나타난다. 약 2km 정도 이어진 거대한 메타세쿼이아길에서 청량한 산책을 즐길 수 있었다. 뉘엿뉘엿 해가 질 때면 햇빛을 머금은 따뜻한 숲의 색감은 너무나 포근해 마음까지 정화되었다.

이곳에서 추천하는 포토존이 있다면 호수를 가로지르는 징검다리다. 붉게 물든 메타세쿼이아가 빼곡히 비치는 호수는 흉내 낼 수 없는 담양만의 분위기를 담았다. 두 눈 가득 들어찬 가을풍경에 압도되고 싶다면 꼭 한번 들러보자.

알찬 여행 TIP

- 관방제림부터 메타세쿼이아길까지 도보로 30분 정도 소요됩니다.
- 메타세쿼이아길의 끝에 있는 메타세쿼이아랜드도 함께 둘러보면 좋습니다.
- 호수에 비치는 메타세쿼이아를 사진으로 남겨 보세요.

{ 경기 부천 }

벚꽃 후유증 치료제, 원미산 진달래동산

추천 계절 : 봄

경상도부터 전라도, 충청도, 서울까지 벚꽃을 부지런히도 보러 다녔다. 마치 벚꽃에 미친 홍길동처럼 말이다.

벚꽃에 절여졌다는 표현이 정확하겠다. 2주간 벚꽃만 가득 보고 왔더니 내가 벚꽃인지 벚꽃이 나인지 헷갈릴 정도였으니 말이다. 벚꽃 말고 심신의 안정을 가져다 줄 수 있는 색다른 것이 필요했다. 다급하게 SNS를 켜 여행 정보를 찾기 시작했고 그렇게 찾게 된 곳이 바로 원미산 진달래동산이다.

진달래는 벚꽃이 서서히 지기 시작할 때쯤 피는 꽃인데 늘 벚꽃에 집중하다 보니 태어나 제대로 구경해 본 적도 없었거니와 '뭐 얼마나 이쁘겠어'라는 마음이 가득했다. 하지만, 진달래를 처음 마주한 순간 생각은 180도 달라졌다. 이렇게 진한 보라색의 꽃을 본 적이 없었다.

온 천지가 온통 보라색인 진달래동산을 보니 이름값을 한다는 게 무슨 말인지 단박에 이해해 버렸다.

진달래동산을 따라 부지런히 산책했다. 동산이란 이름답게 꽤 가파른 길이 나오기도 했지만 그런 건 상관없었다. 온 사방에 깔린 진달래를 보는 재미에 힘든 줄도 몰랐다. 그렇게 한 걸음 한 걸음 걸을 때마다 온몸을 보랏빛으로 샤워하는 기분이었다. 그렇게 동산을 크게 한 바퀴 돌았다. 1시간가량 놀고 쉬면서 꽃을 바라보니 어느덧 시간은 쏜살같이 흘러갔다.

부지런히 올라 진달래동산을 한눈에 내려다볼 수 있는 전망대에 도착했다. 보랏빛으로 물든 세상에 심취해 연발 셔터를 눌러 댔다. 찍어도 찍어도 참 설레는 감정은 정말 오랜만이었다. 벚꽃에 절인 몸을 치유해 주는 것만 같은 그런 순간이었다.

그렇게 흘러가는 산책을 마무리할 때쯤, 진달래 사이에 우뚝 솟은 벚나무 하나가 눈에 들어왔다. 점차 시원한 바람이 불어오더니 벚꽃잎이 흩날리기 시작했다. 아, 벚꽃이 이렇게 아름다웠던가. 이제는 벚꽃을 그만 보겠다는 다짐은 스르르 녹아내렸고 마음속엔 어느덧 행복함만이 가득 남았다.

무언가에 질렸다면 그건 싫어진 게 아니고 잠깐 쉴 틈이 필요하다는 것이겠지. 그런 마음을 깨닫게 해 준 여행지가 아니었을까.

알찬 여행 TIP

- 진달래 개화는 3월 말부터 시작합니다.
- 전망대에서 계단 방향을 촬영하면 예쁜 사진을 얻을 수 있답니다.

{ 전북 완주 }

나를 위한 하루를 보내는 법, 소양고택

추천 계절 : 사계절

나에게 완주란 전주 옆에 자리한 곳, 그저 전주의 명성에 가려진 곳이었다. 그런데 이곳에 엄청난 여행지가 숨어 있었다. 화려함 대신 소박함이, 거리를 밝히는 불빛 대신 고즈넉한 달빛만이, 시끄러운 경적 대신 새소리가 반겨 주는 곳, 소양고택이다.

위봉산 자락에 자리한 한옥마을을 따라 천천히 거닐면 소양고택의 모습이 드러난다. 고즈넉한 고택은 미술 갤러리와 숙박시설, 카페 등으로 조화롭게 활용되고 있다. 전통적인 미에 현대적인 미를 더한 것이 이상할 법도 하지만 묘하게 어울리는 게 참 매력적인 공간이다.

본격적으로 여행해 보자. 이곳을 둘러보기 위해서는 소양고택까지 곧바로 이어지는 길이 없어, 갤러리 아원을 통해서만 입장이 가능하다. 먼저 아원에 들어서면 감각적으로 꾸며진 공간에 분위기 있는

음악이 흘러나오는데 가만히 듣고 있노라면 한없이 마음이 차분해진다. 물론 마실 게 빠질 수 없겠지. 입장료를 내면 커피와 함께 음악과 미술 작품을 함께 감상할 수 있다. 마음에 드는 곳을 발견했다면 마련된 자리에 앉아 작품을 바라보자. 작품의 의미를 이해하지 못해도 좋다. 그저 편히 쉬어가는 것에 집중하면 되니까.

빽빽한 대나무숲 가운데 꽤 높은 곳에 자리한 아원은 곧바로 소양

고택으로 이어진다. 앞으로는 종남산이, 뒤로는 위봉산이 수려하게 펼쳐진 이곳에서 곳곳을 차분히 거닐었다. 그래, 이곳에선 천천히 걷는 게 답이다. 틀림없이 사색하기 좋은 곳임이 분명하다.

소양고택 아래에는 책방과 카페가 있다. 이 정도면 없는 게 없다. 여행지에 왔을 뿐인데 숙박부터 갤러리, 카페, 책방까지 심심할 틈이 없을 정도로 즐길 수 있는 게 다양하다.

가끔 그런 생각이 들 때가 있다. 산에 틀어박혀 아무것도 하고 싶지 않은 생각 말이다. 그저 고즈넉한 어딘가에서 하루를 보내고 싶다면 소양고택에서 머무르자. 분명 온전한 하루를 선물 받게 될 것이다.

알찬 여행 TIP

- 소양고택 주위로 갤러리, 책방, 카페 등이 있어 종일 머무르기 좋습니다.
- 소양고택 근처에는 식당이 몇 개 없으니 먹거리를 미리 준비해 가면 좋습니다.

{ 경북 포항 }

부지런한 하루를 보내는 법, 포항 당일치기 여행

추천 계절 : 사계절

가끔 반복되는 일상에 지치거나 집에 가만히 있는 게 오히려 불안할 때가 있다. 그럴 땐 그저 아무 생각 없이 부지런히 몸을 움직이는 게 제격이다. 가끔 그런 생각이 들 때면 새벽부터 짐을 챙겨 일출을 보고 아무 생각 없이 걷고 일몰로 하루를 마무리하는 그런 여행을 한다. 그렇게 여행하고 나면 몸은 힘들지만, 오히려 머릿속은 맑아지는 느낌이 든다.

그런 여행의 최적지가 있다면 바로 포항이다. 바다에서 일출과 일몰을 모두 볼 수 있고 쉼 없이 걸을 수 있는 곳이랄까. 지금부터 머릿속의 잡념을 비워 줄 포항 여행 코스를 선보일 테니, 머릿속이 복잡하다면 잘 찾아왔다.

가장 먼저 일출을 보기 위해 이가리 닻 전망대를 찾았다. 이름에서

부터 알 수 있듯 닻 모양의 풍경이 이색적인 곳인데 전망대 끝에는 뾰족한 등대 모양의 조형물이 자리 잡고 있어 더욱 이색적인 풍경을 자랑하고 있다. 이른 새벽녘, 이곳을 지키는 사람은 나뿐이었다. 그럴 법도 한 게 누가 이 어두운 곳에 꼭두새벽부터 나와 일출을 보겠는가. 고요함만이 맴도는 곳에서 귀에 들리는 소리라곤 갈매기 울음소리와 거친 파도 소리뿐이다. 멍때리기에 최적의 조건이었다.

전망대 한 켠에 멍하니 앉아 있었다. 어느덧 하늘은 점차 주황빛을 머금었고 이내 수평선 너머에서 둥그런 해가 떠오르기 시작했다. 고요함 속을 뚫고 세상이 밝아지니 왠지 모를 울컥함이 느껴졌다. 닻 모양

의 전망대와 바다를 함께 응시하며 해가 완전히 떠오르기만을 기다렸고 이내 주황빛에서 청량한 파란색이 하늘을 가득 메웠다. 왠지 다시 시작할 수 있는 힘을 얻게 된 것만 같았다. 여행의 시작이 좋다.

잠깐의 휴식을 취하고 찾은 다음 여행지는 곤륜산이다. 최근 SNS에서 인생샷 여행지로 주목 받는 곳인데 사진 한 장에 속아 버렸다. 왜 속았냐고? 오르기 힘들다고 아무도 얘기해 주지 않았다. 곤륜산 정상까지 가는 길은 가히 암벽과 같았다. 급격한 경사에 꽤 긴 거리까지. 미리 찾아보지 않았던 내 탓이겠지. 후들거리는 다리를 겨우 붙잡아 30분간 부지런히 등산하다 보니 어느덧 정상에 도착했다.

정상에서 내려다보는 풍경은 답답했던 속이 뻥 뚫릴 만큼 광활하고 아름다웠다. 왼쪽으로는 칠포리라는 작은 어촌마을이 보였고 오른쪽으로는 푸르른 칠포 해수욕장이 한눈에 들어왔다. 이 맛에 등산하는 것일까. 솔솔 불어오는 바람에 잔뜩 흘린 땀을 식히고 정복감을 맛보았다. 그러다 문득 생각 하나가 스쳐 지나갔다. '무슨 고민이 있었더라?' 역시 잡념을 버리기에는 가혹한 등산이 최고다.

마지막 여행 코스로 일몰을 보기 위해 우리나라 가장 동쪽에 자리한 호미반도로 향했다. 동해에서 무슨 일몰을 볼 수 있을까 싶겠지만 우리나라를 호랑이로 치면 '꼬리' 부분에 해당하는 호미반도는 영일만을 배경으로 아름다운 노을을 볼 수 있는 곳이다. 그중 '선바우길'이라 불리는 곳은 나만의 산책길이 있다. 바다 위를 가로지르는 산책길과 깎아지를듯한 기암절벽이 어우러지는 웅장한 풍경, 거기에 일몰까지 여행의 마지막 코스로 손색이 없다.

정해진 입구와 출구는 없다. 그저 끝까지 이어진 길을 따라 걸으면 될 뿐이다. 일몰 시간을 맞춰 정처 없이 걷기 딱 좋은 곳이었다. 파란 하늘은 다시 주황빛으로 서서히 물들어 갔다. 한 걸음 한 걸음 걸으며 점점 기분이 좋아진 건 예쁜 하늘 덕분이었을까 아니면 여행의 마지막에 도착해서였을까. 뭐 가벼워진 마음을 안고 내키는 대로 걸으면 그만이니 그건 중요하지 않았다. 여행의 끝에서 복잡한 마음은 어느덧 사라지고 기분 좋음만이 가득 들어찼다.

알찬 여행 TIP

- 곤륜산 정상까지는 도보 30분 정도 소요되며 경사가 가파르니 운동화를 신는 것을 추천합니다.
- 선바우길은 노을 시간이 아름다우니 시간을 맞춰 가 보세요.

02

동심을 찾는 여행

{ 제주 }

어릴 적 소중했던 추억, 산양큰엉곶 반딧불축제

추천 계절 : 여름

어릴 적 할머니 집에 가면 마당 한 켠을 반짝반짝 비추던 반딧불이가 있었다. 어찌나 신기하고 동화 같던지, 반딧불이가 도망갈세라 한 발짝 물러나 숨죽이며 반짝거리던 허공을 응시할 때가 있었다.

세월이 얼마나 흘렀는지 모르겠다. 반딧불이란 이름을 부르기 어색해졌을 만큼 그 존재를 잊고 살았는데 제주에 가면 반딧불이를 볼 수 있다는 소식을 듣게 되었다. 다시 한번 이 신기한 생명체를 마주하고 싶었다. 동심으로 돌아가고 싶었다. 마음속에 픽 하고 꺼져 버린 줄 알았던 촛불 하나가 작게나마 타오르기 시작했다. 그렇게 홀린 듯 제주행 비행기에 몸을 실었다.

반딧불이를 볼 수 있는 곳은 산양큰엉곶이라는 장소다. 제주어로 엉은 '언덕' 곶은 '숲'을 의미해 '산양에 있는 언덕숲'을 뜻한다. 그만큼 청정자연이 살아 있으면서도 평소에는 다양하게 조성된 숲길을 따라 산책을 즐길 수 있는 여행지다. 매년 6월 중순쯤이면 한 달 동안 반딧

불이가 출몰하기 시작한다. 이때만큼은 밤에 모든 불빛을 없애고 최소한의 불빛만으로 정해진 길을 거닐며 반딧불이를 관찰할 수 있는 투어가 열린다.

어두운 숲속을 밝히며 무리 지어 돌아다니는 반딧불이를 발견했다. 말을 잇지 못했다. 어쩌면 어릴 적 봤던 반딧불이보다 더 신기하고 경이로운 광경이었을지도 모르겠다. 동화 속에 들어와 있다면 이런 느낌이었을까. 현실 세계가 아닌 듯한 엄청난 풍경에 몇 번이나 넋을 놓고 입을 틀어막았는지 모르겠다. 마치 어린 시절로 돌아간 듯 반딧불이가 도망갈세라 한 발짝 멀리서 반짝거리는 허공을 한참 바라봤다.

미세하게 타올랐던 마음속 촛불은 어느덧 활활 타오르고 있었고 왠지 모를 깊은 울림이 느껴졌다.

'우리는 어쩌면 이 소중한 추억 하나를 되찾기 위해 여행을 하는 것일지도 모르겠어.'

마음속에 작고 소중했던 추억이 몽글몽글하게 피어올랐다.

알찬 여행 TIP

- 반딧불축제는 사전 예약이 필수입니다.
- 정해진 길로만 다닐 수 있으니 참고해서 움직이세요.

{ 제주 }

바람의 오름, 다랑쉬오름

추천 계절 : 사계절

제주 여행 중, 여유가 생겨 잠깐 오름을 오르기로 했다. 그렇지 않아도 제주로 여행을 간다면 끝내주게 멋진 오름을 오르고 싶었다. 그렇게 휴대폰을 켜 지도 앱을 뒤적거리기 시작했다. 30분간의 사투를 벌인 결과 찾게 된 오름은 높이가 무려 382m인 제주에서 두 번째로 높다는 다랑쉬오름이었다.

제주어로 '다랑쉬'는 패인 분화구가 달처럼 보인다고 하여 붙여진 이름이다. 이름부터 제법 감성적으로 느껴지는 것은 기분 탓일까. 분화구가 달처럼 보인다니. 설레는 마음을 안고 부지런히 달려 다랑쉬오름 입구에 도착했다.

다랑쉬오름에 다가서자 마자 느껴진 것은 바람이었다. 그것도 아주 기분 좋은 바람이다. 바람을 따라 잔잔하게 흔들리는 초원과 그 사이를 지나가는 사람들의 모습이 왠지 모르게 포근하고 간지러웠다. 한껏 기분 좋은 마음을 안고 본격적으로 걸음을 옮기기 시작했다.

정상으로 향하는 길이 제법 벅찼다. 천천히 걷다 보면 어느덧 10분, 20분씩 시간이 훌쩍 지나갔다. 하지만 오르는 길 내내 간지러운 기분 덕분이었을까. 힘듦보다는 오히려 개운한 마음이 가득해졌다. 1시간쯤 올랐을까. 속이 뻥 뚫릴 만큼 시원한 풍경이 펼쳐졌다. 오름 바깥으로는 구좌읍, 용눈이오름, 우도 등 제주 동부의 모습이 한눈에 펼쳐졌다. 초록색과 파란색까지 조화롭게 이루어진 오름의 모습은 가히 장관이었다.

'내가 언제 두 번째로 높은 오름을 올라 보겠어?' 하며 엄홍길에 빙의된 것처럼 성취감이 가득 찼고, 정상에서 진득하게 머무르며 이따금 불어오는 바람을 만끽했다. 그저 오름의 정취를 느끼며 많은 시간을 보냈다.

올라오는 내내 땀을 뻘뻘 흘리며 땅만 보고 걸어서 그랬던 것일까. 내려가는 길에는 보이지 않았던 풍경이 눈에 들어오기 시작했다. 옆에 자리한 아끈다랑쉬오름과 그 뒤로 철쭉이 활짝 피어 있었다. 끝까지 선물 같은 곳이라니까. 어느덧 미소를 지으며 오름의 낭만에 가득 취한 순간이었다.

알찬 여행 TIP

- 정상까지 1시간 정도 소요되니, 운동화를 신는 것을 추천합니다.
- 철쭉은 맞은편에 있는 아끈다랑쉬오름과 걸쳐 있습니다. 철쭉과 함께 사진을 남겨 보세요.
- 분화구 방향으로 앉아서 사진을 찍으면 인생 사진을 건질 수 있습니다.

{ 전북 군산 }

붉은 여름의 맛, 옥구향교

추천 계절 : 여름

'한여름을 가득 머금고 붉디붉은 꽃을 피워냈구나.'

여름을 대표하는 색은 다양하지만 뜨겁고 정열적인 색을 꼽으라면 당연하게도 붉은색이다. 붉은색을 한껏 머금고 피워 낸 배롱나무의 꽃은 여름꽃 중에서도 가장 좋아하는 꽃이다. 무더운 날씨를 이겨 내 더욱 화려하고 풍성하게 피어난 배롱나무의 꽃을 보고 있노라면 땀이 뚝뚝 떨어지는 날씨에도 잔뜩 힘을 내야 할 것 같달까.

배롱나무의 꽃은 100일간 꽃을 피운다고 해 '백일홍'이라고 부르기도 하는데, 긴 여름 100일간 묵묵하게 힘을 내는 배롱나무에서 알게 모르게 에너지를 얻는 듯한 느낌이 든다.

그중에서도 배롱나무의 명소로 군산 옥구향교를 자랑하고 싶다. 그늘 아래 조용히 머무르기 좋은 것은 물론, 고즈넉한 향교를 감싸 안

은 어마어마한 규모의 배롱나무까지 여름에 이만한 곳이 있을까. 심지어 아직 알려지지 않아 혼자 전세 낸 것만 같은 기분마저 느낄 수 있었다.

향교 입구부터 줄 지어선 배롱나무의 꽃이 눈길을 사로 잡았다. 청록색 처마와 주황색 담장 그리고 초록빛의 잔디 사이에서 가장 강렬한 색을 띠는 배롱나무의 붉은 꽃은 왠지 여름을 닮은 듯하여 시선을 빼앗겨버렸다. 다른 곳에 비해 오래된 수령 덕분인지 유독 튼실하고 굵게 피어난 꽃은 더욱더 감탄을 자아냈다.

이따금 이마에 흐르는 땀을 닦으며 사부작사부작 걸었다. 마루에 걸터앉아 잠깐 햇빛을 피해 보기도 하고 배롱나무의 아래에 앉아 사진을 찍어 보기도 했다. 파란 하늘 아래 붉은 배롱나무가 고즈넉한 향교를 감싸고 있었고 어느 곳으로 시선을 두어도 따뜻함이 가득 느껴졌다.

'아, 이게 여름의 맛이지.'

알찬 여행 TIP

- 배롱나무의 꽃을 프레임으로 걸어 사진을 남겨 보세요.
- 사찰과 배롱나무를 사진에 함께 담으면 더욱 고즈넉한 분위기를 낼 수 있답니다.
- 배롱나무는 8월에 개화하니 꽃이 피었는지 확인하고 방문하는 것을 추천합니다.

{ 경남 함안 }

화려한 불꽃과 흩날리는 불씨, 함안 낙화놀이

추천 계절 : 봄

디즈니 영화 〈라푼젤(2010)〉의 실사판이 있다면 이런 느낌일까. 영화보다 더 영화 같은 풍경이 매년 함안에서 펼쳐진다는 소식에 마음속으로 언젠가 가 보자 했는데, 우연하게도 함안에 갈 수 있는 기회가 생겨 고민 없이 달려갔다.

낙화놀이는 가히 충격적이었다. 나름 9년 차 여행 작가로서 전국 방방곡곡 볼 수 있는 풍경은 다 봤다고 자부한 사람이었는데, 이런 풍경은 머리털 나고 처음 보았다. 거짓말 조금 보태 어느 곳에 견주어도 꿀리지 않을 정도의 미친 풍경이었달까.

낙화봉에 불을 붙이는 시간은 오후 6시다. 하지만 좋은 자리를 잡기 위해서는 오전부터 부지런히 움직여야 이른바 '명당'이라는 자리를 차지할 수가 있다. 오후 12시쯤 자리를 잡고 짐을 풀기 시작했다. 가방에는 시간을 알차게 보낼 간식과 책, 보조배터리 등이 가득했고 기다리는 동안 여유롭게 낮잠도 자고 같이 온 친구와 수다도 떨었다.

째깍째깍 시간이 흐르고 어느덧 불을 붙이는 시간이 되었다. "하나, 둘, 셋!" 힘찬 카운트다운을 세니, 연등과 연등 사이에 매달은 낙화에 불이 붙었고 이내 점점 불꽃이 휘날리기 시작했다. 타닥타닥 낙화봉이 타들어 가는 소리와 함께 바람결에 흩날리는 불꽃이 사방으로 춤을 추었다. 점점 어두워질수록 불꽃은 더욱 선명해져 갔고 이내 해가 완전히 떨어지는 순간 영화 〈라푼젤〉에서 봤던 환상적인 등불 장면이 눈앞에 펼쳐졌다. "와…" 소리가 절로 나올 정도로 아름다운 순간이었다. 기다리는 동안 이런 고생 평생에 한 번이면 충분하겠다 싶었는데 어느덧 마음속은 내년을 향하고 있었다.

시간이 흐를수록 사람들의 환호성과 함께 불꽃은 더욱 힘차게 타들어 갔고 소원이 적힌 낙화는 불꽃이 되어 하나둘씩 하늘로 향했다. '건강하게 해 주세요', '부자되게 해 주세요', '모든 일이 잘 풀리게 해 주세요' 저마다의 소원이 이뤄지기를 바라는 마음으로 나도 불꽃에 염원을 담아 본다.

알찬 여행 TIP

- 사진 찍기 좋은 자리를 잡기 위해서는 오전에 방문하는 것을 추천합니다.
- 재가 날려 옷이 탈 수 있으니 흰옷이나 비싼 옷은 입지 마세요.
- 낙화축제는 사전 예약이 필수입니다.

{ 경남 산청 }

동화 같은 절,
수선사

추천 계절 : 여름

유난히 비가 많이 오던 날이었다. 섬 여행을 하기 위해 통영에 모였던 우리는 야속한 비를 바라보거나 종일 멍때리는 것이 전부였다. 무기력하게 할 일 없이 시간을 보내고 있었던 우리에게 침묵을 깬 건 L이었다. “그럼 우리 사찰이라도 가 볼래?” 그 한 마디에 부랴부랴 검색을 해서 찾은 장소가 바로 산청이다.

사실 기대감 따윈 하나도 없었다. 사찰이 뭐 사찰이겠지 별거 있을까 싶었는데 수선사를 처음 마주한 순간 내 상식이 무너져 내렸다. 추적추적 내리는 비와 나무 특유의 녹진한 색감이 마구 어우러진 느낌은 우리나라에서 아니 해외에서도 쉽사리 보지 못했던 풍경이었다. “여기 도대체 뭐야?”, “동화에서나 나올 법 한데?” 예상치 못한 풍경에 감탄사를 저마다 힘껏 내뱉기 시작했다.

작은 호수를 에워싼 연잎과 호수 끝과 끝을 잇는 오래된 나무다리, 초록색과 나무색의 절묘한 조화는 정말이지 동화에서나 나올 것 같은 감탄스러운 풍경이었다. 이쯤 되니 다들 "비가 오니 오히려 좋다!"를 외치고 있었다.

추적추적 내리는 비를 따라 고즈넉한 수선사 한 바퀴를 걸어 본다. 절로 평온해지는 마음과 새로운 풍경을 마주한 설렘과 함께 정취를 가득 느꼈다. 세상에, 의도치 않은 장소에서 이런 감정을 느낄 수 있다니.

목조다리를 따라 한 발자국씩 걸을수록 귀를 간지럽히는 빗소리가 들렸고 호수를 에워싼 연꽃에 또르르 맺힌 물방울은 수선사에 감성을 더했다.

알찬 여행 TIP

- 목조다리 입구에서 사진을 남겨 보면 더욱 이국적인 사진을 남길 수 있습니다.
- 연꽃이 활짝 피는 여름의 아침에 가면 더욱 예쁜 사진을 찍을 수 있습니다.

{ 전남 구례 }

땅에 박힌 별,
지리산치즈랜드

추천 계절 : 봄

사람이 가득 모여 있는 여행지를 좋아하는 편은 아니다. 마음에 드는 사진을 찍으려고 할 때 사람이 걸리기 부지기수고 인증 사진이라도 남기려 하면 기나긴 기다림 끝에서야 사진을 찍을 수 있기 때문이다. 그뿐인가, 어느 곳을 걷더라도 사람에 치이고 정신없는 소리까지 겹치는 날에는 기운이 쏙 빠지기도 한다. 그럼에도 구례에 위치한 지리산치즈랜드는 그 모든 것을 감수하고도 진심으로 감탄하고 온 여행지다.

지난봄, 푸른 초원을 감싼 샛노란 수선화 군락지 사진 한 장이 내 마음을 사로잡았다. 그렇게 봄이 시작되자 마자 수선화 개화 소식을 기다렸고, 가고 싶은 여행지 1순위로 정했던 지리산치즈랜드로 향했다.

별이 하늘이 아닌 땅에 빼곡하게 박혀 있는 것만 같았다. 주변 풍경은 또 어떤가. 눈앞으로는 지리산이 파노라마처럼 펼쳐져 있었고 그

아래 맑은 저수지가 마치 영화 속 한 장면을 표현한 것 같았다. 비록 사람은 많았지만, 동화 같은 풍경 덕분에 어느 곳 하나 눈을 떼지 못하고 어린아이처럼 지리산치즈랜드를 활보하며 사진을 찍기 시작했다.

웅장한 지리산과 수선화를 배경으로 사진 한 장, 맑은 저수지와 수선화를 배경으로 사진 한 장, 우뚝 솟은 나무와 수선화를 배경으로 사진 한 장. 그야말로 한 걸음에 사진 한 장씩 남겼다.

얼마나 열정적으로 사진을 찍었을까. 나도 모르는 새 2시간이 지나 있었다. 이렇게 매력 있는 여행지를 만나 본 게 얼마 만인지. 여기에서만큼은 사람이 많고 적음은 중요하지 않았다. 그저 여행지가 가지고 있는 매력에 집중했을 뿐이다. 가끔은 사람 많은 여행지도 좋아하게 될 만큼 엄청난 매력을 가진 여행지가 있다는 것을 배웠다.

알찬 여행 TIP

- 수선화는 4월 초부터 개화해 중순까지 볼 수 있습니다.
- 정상에서 호수와 수선화밭을 함께 담아내면 더욱 예쁜 사진을 찍을 수 있어요.

{ 충남 서천 }

오묘한 보랏빛을 뿜어내는 곳, 맥문동숲길

추천 계절 : 여름

살면서 온통 보랏빛으로 가득한 숲길을 본 적이 있는가. 서천에서 이런 풍경을 만나 볼 거라곤 상상도 못했다. 그저 출장 차 서천을 들린 김에 호젓한 숲길이 있다는 이야기를 듣고 가볍게 찾은 곳이었다. 그곳에서 신비로운 분위기의 맥문동 군락지를 만났다.

맥문동은 느지막한 여름에 피어나는 보라색 꽃으로 보통 그늘진 곳에서 자란다. 그 덕분에 공원에서 흔히 볼 수 있는 꽃 중 하나지만, 군락지를 이룬 맥문동은 웬만한 관리가 되지 않는 이상 찾아보기 힘들다. 그래서였을까, 맥문동축제를 열 만큼 지극정성으로 관리한 곳인 장항송림욕장에서 압도적인 규모의 맥문동을 만날 수 있었다.

숲길은 꽤 큰 규모였다. 숲길 한 바퀴를 걷는데 족히 1시간은 걸린 듯하다. 그래도 괜찮았다. 소나무가 만들어 낸 넓은 그늘은 걷기 좋은

적당한 온도를 만들었고 그늘 사이로 빼꼼 고개를 들어 빛을 한껏 머금은 맥문동이 완벽했으니까 말이다.

숲길 초반에는 조금밖에 피어 있지 않았지만 숲길 안쪽으로 들어갈수록 보랏빛을 뿜어내는 맥문동이 점차 많아지기 시작했다. 마치 요정이 튀어나올 것만 같은 풍경에 속으로 감탄사를 연발하다 보니 어느덧 숲길 한 바퀴를 다 돌고야 말았다.

이런 분위기에 사진도 빼놓을 수 없겠지. 어느 곳으로 고개를 돌려도 보라빛 꽃밭이 펼쳐져 있어 연신 카메라 셔터를 눌러 댔다. 애써 사진이 잘 나올만한 장소를 고를 필요도 없었다. 어디를 찍어도 예쁜 사진이 완성되었으니 말이다. 특히 빛이 옆으로 눕는 오후 5시쯤이면 주황빛에 버무려진 숲길과 맥문동은 정말이지 완벽에 가까운 모습이었다.

맥문동으로 아쉽다면 숲길 끝자락에 자리한 장항스카이워크 전망대도 함께 여행해 보면 좋다. 전망대에 오르면 드넓게 펼쳐진 서해를 내려다볼 수 있는데 숲길과는 또 다른 매력에 푹 빠질 것이다.

기분 좋은 산책과 사진 모두 잡을 수 있는 마성의 여행지를 찾는다면 늦여름의 장항송림산림욕장을 꼭 한번 방문해 보자.

알찬 여행 TIP

- 맥문동 개화 시기는 8월 중순입니다.
- 오후 5시에는 더욱 아름다운 색감으로 물든 맥문동을 볼 수 있습니다.
- 숲길을 한 바퀴 걷는데 1시간 정도면 충분합니다.
- 숲길 끝에 자리한 장항스카이워크 전망대도 함께 둘러보세요.

{ 충북 청주 }

가을이 주는 선물, 청남대

추천 계절 : 가을

누군가 "가을에 딱 한 곳만 갈 수 있다면 어디로 갈래?"라고 묻는다면 온 힘을 다해 "무조건 청남대로 갈 거야!"라고 답할 것이다. 그만큼 청남대는 가을 여행지로 뇌리에 강렬하게 기억 남은 곳이다.

본래 청남대는 대통령의 별장으로 이용되던 곳으로 청주에 꼭꼭 숨어 있다가 20년 만에 개방된 공간이다. 이제는 누구나 자유롭게 대통령 별장을 엿 볼 수 있게 된 셈이다. 그 덕분일까, 청남대를 여행하는 내내 꼼꼼하게 관리된 듯한 느낌과 자로 잰 듯 깔끔하게 열 맞춰 조성된 풍경이 눈에 들어왔다. 역시 대통령 별장의 클래스는 이런 건가. 모든 게 계획대로 진행된 조경이며 압도적인 규모까지. 마치 귀빈이 된 듯한 기분을 느낄 수 있었다.

가을 여행지 1순위로 청남대를 꼽았던 건 종합 선물 세트 같은 느낌에서였다. 그것도 내가 좋아하는 것들만 한곳에 모아 예쁘게 포장해 둔 선물 같았다. '이 중에 네가 좋아하는 게 있을 거야'가 아닌 '이것도 너의 취향이고 저것도 너의 취향이니까 모두 다 줄게' 같은 느낌의 완벽한 선물이었다.

가을이 내려앉은 붉은 메타세쿼이아길을 따라 천천히 걷기, 잘 포장된 산책길을 걸으며 조용히 사색하기, 대청호를 따라 이어진 둘레길을 걸으며 멍때리기 등 내가 너무나도 좋아하는 것들이 가득한 공간이었다.

그중에서도 숲길을 지나치면 등장하는 대청호 둘레길은 환상적인 곳이었다. 어스름한 시간, 잔잔하게 물빛을 비추는 따뜻한 빛과 울긋불긋 물든 단풍이 반영되는 호수. 그 호숫가를 걸으며 조용히 멍때리고 있노라면 마음이 절로 평온해진 것을 느낄 수 있었다. 삶이 피곤하거나 어딘가로 숨고 싶을 때가 있기 마련인데 청남대는 내 최고의 도피처가 될 것만 같았다.

청남대로만 아쉽다면 정북동토성도 함께 둘러보는 것을 추천한다. 이곳은 전국에서도 쉽게 볼 수 없는 풍경이다. 흙으로 쌓아 올린 야트막한 성과 그곳을 지키는 '나 홀로 나무'가 얼마나 신비로운 분위기를 내는지, 조그마한 언덕 하나 쌓아 올렸다고 세상을 바라보는 눈이 어찌나 달라지는지 마음속의 작은 무언가가 희미하게 떨려왔다. 누구에게는 보잘것없는 의미겠지만 나에게는 굉장한 의미가 될 수도 있겠구나 싶었다.

노을이 질 때쯤 정북동토성을 가볍게 산책한 후 나 홀로 나무 아래서 불어오는 바람을 고요히 느껴 보자. 분명 마음에 들 것이다.

알찬 여행 TIP

- 청남대를 모두 둘러보는데 2시간 넘게 소요됩니다.
- 메타세쿼이아길과 대청호를 주변으로 예쁜 사진을 남겨 보세요.
- 해가 지는 시간에 정북동토성 언덕에서 감성적인 사진을 찍어 보세요.

{ 전남 광양 }

가장 먼저 봄이 찾아오는 곳, 매화마을

추천 계절 : 봄

길기도 길었다지. 풀이라곤 한 포기도 찾아보기 힘들었던 유난히 긴 겨울을 지나 드디어 남쪽 나라에서 팝콘이 터지기 시작했다. 자칭 세상에서 봄을 가장 사랑하는 남자인 내가 봄놀이에 빠지면 섭섭하지. 꽃이 피었다는 소식을 듣자 마자 누구보다 먼저 봄을 만나고 싶은 마음에 부랴부랴 짐을 챙겨 매화마을로 향했다.

지리산 자락에 있는 매화마을은 수십 년 동안 매화가 가장 유명한 곳이다. 그만큼 매화 군락의 규모가 어마어마한 곳 중 하나며 특유의 몽글몽글한 감성까지 느낄 수 있다.

그뿐일까, 섬진강을 따라 이어진 마을에 매화가 피어나기 시작하면 마치 눈이 내린 것 같은 착각마저 불러일으킬 정도였다. 얼마나 기다렸던가. 꽁꽁 움츠린 겨울이 지나 세상에 하얗게 피어난 매화를 보고 있노라면 이제야 세상에 생기가 도는 느낌이었다.

마을 한 바퀴를 둘러보려면 적어도 2시간 정도 걸린다. 꾹 참았던 카메라가 활약할 시간이다. 봄이 왔다고 나름 신경쓴 깔끔한 재킷을 차려 입고 구석구석 돌아다니며 연발 셔터를 눌러 댔다. 아, 행복하다. 이게 봄이지. 따스해진 마음 덕분인지 연신 웃음이 흘러나왔다. 생기가 도는 건 나도 마찬가지였나보다.

곳곳을 거닐다가 출출하다면 매화가 들어간 다양한 간식을 사 먹어도 좋다. 특히 매화향이 들어간 달콤한 아이스크림은 이곳에서만 맛볼 수 있는 백미니 놓치지 말자. 조금 더 식사에 가까운 음식을 즐기고 싶다면 매화나무 사이 예쁘게 자리 잡고 있는 간이식당에서 꽃놀이를 즐기며 배를 채워도 좋다.

알찬 여행 TIP

- 매화마을 한 바퀴를 둘러보는데 1~2시간 정도 소요됩니다. 숨어 있는 포토존을 찾아 사진을 남겨 보세요.
- 매화마을 안에는 간단하게 요깃거리를 할 수 있는 음식점이 많습니다.

{ 전남 구례 }

샛노란 봄을 즐기는 법, 산수유마을

추천 계절 : 봄

매화마을과 세트로 꼭 가 봐야 하는 곳인 산수유마을을 소개하겠다. 매화마을에서 1시간 거리에 있는 산수유마을은 3월부터 샛노란 산수유가 피어나기 시작하는데, 매화와 피어나는 시기가 비슷하고 거리상으로도 가까워 하루에 두 가지 꽃놀이를 즐길 수 있다.

구례는 우리나라 최대 산수유 군락지다. 산수유는 일교차가 큰 곳에서 잘 자라는 식물인데 높은 해발고도 덕분에 전국 70퍼센트의 산수유 생산량을 담당하고 있다고 한다.

매화마을보다 더 큰 규모기도 해 넉넉하게 시간을 잡고 돌아보는 것이 좋은데 마을 맨 꼭대기에 자리한 상위마을부터 아래로 이어진 하위마을까지 천천히 내려오면서 구경하면 더욱 완벽한 꽃놀이를 즐길 수 있다. 시간이 부족하다면 하위마을만 둘러보아도 충분히 꽃놀이를

즐길 수 있다.

마을 전체를 샛노랗게 물들인 산수유는 매화와는 또 다른 느낌이었다. 조금 더 포근한 느낌이랄까. 한적한 시골 마을에 졸졸 흐르는 시냇물 소리, 돌담길을 따라 이어진 샛노란 산수유 터널, 뉘엿뉘엿 지는 햇살이 비추는 감성적인 분위기까지 딱 내가 생각하는 평화로운 분위기란 이런 느낌이겠지? 이런 바이브를 사랑하는 사람이라면 길을 따라 천천히 거닐어 보자. 분명 산수유에 마음이 뺏길 거다. 벚꽃이 피어나기 전 가장 먼저 맞이하는 봄이다. 가장 먼저 봄을 만나고 싶다면 구례에 꼭 한번 들러보길 바란다.

알찬 여행 TIP

- 산수유마을은 상위마을부터 하위마을까지 천천히 내려오면서 구경하면 좋습니다.
- 산수유마을의 냇가 돌다리에서 예쁜 사진을 남기는 것을 추천합니다.

{ 서울 }

로맨틱을 지키는 법, 서울 야경 명소 세 곳

추천 계절 : 사계절

전국 팔도 어느 곳을 가도 내 기준 가장 로맨틱한 도시는 서울이다. 해가 모습을 감추고 어둠이 내리면 반짝하게 빛나는 서울의 로맨틱함은 더욱 빛을 발한다. 서울에서만 누릴 수 있는 야경은 사계절 가릴 것 없이 언제봐도 사랑이 가득한 풍경 아닐까.

멋진 야경을 보기 위해선 수고로움을 감수해야 한다. 거친 숨을 내뱉으며 높은 곳으로 올라가다 보면 어느덧 로맨틱은 개나 줘버리기 일쑤다. 이런 로맨틱을 지키고 싶은 사람이라면 잘 찾아왔다. 애인한테 특급칭찬을 받고 싶다면 주목하시라. 로맨틱을 지킬 수 있는 야경 명소 세 곳을 알려 줄 테니.

첫 번째로 소개할 매봉산 팔각정은 3호선 약수역, 6호선 버티고개역 등 다양한 곳에서 오를 수 있는 산(근린 공원)이다. 그만큼 접근성이 좋아 많은 사람이 찾는 야경 명소 중 한 곳이다. 향하는 길은 산이라기보다는 완만한 언덕을 오르는 느낌이라 가볍게 산책하기에도 더할 나위 없이 좋다. 매봉산 팔각정에 도착하면 서울 시내가 한눈에 들어온다. 잠실의 랜드마크인 롯데타워부터 시작해 성수대교, 청담대교, 영

동대교 등을 조망할 수 있다. 개인적으로 서울 야경 중에서 1위로 뽑는 곳이 바로 매봉산 팔각정이다. 이곳은 일출 포인트로도 유명하니 이곳이 마음에 들었다면 부지런히 일어나 떠오르는 해를 봐도 좋을 것이다.

두 번째로 소개할 곳은 용양봉저정 공원이다. 9호선 노들역과 흑

석역에서 10분 거리로 뚜벅이도 쉽게 갈 수 있는 야경 명소다. 정상까지 15분 정도면 닿을 수 있지만 어느 정도 경사가 있어 편한 운동화를 신고 오르는 것을 추천한다. 정상에 도착하면 앉을 수 있는 의자가 마련되어 있고 노들섬부터 63빌딩, 한강대교, 동작대교를 내려다볼 수 있다. 근처 곳곳에 카페도 있으니 분위기를 녹여 줄 따뜻한 커피 한 잔 준비해 가는 것도 잊지 말자.

마지막으로 소개할 곳은 하늘 공원이다. 지하철이 인접해 있는 건 아니지만 이곳을 추천하는 이유는 따로 있다. 전망대까지 운행하는 맹꽁이 열차에 탑승해 정상까지 편히 오를 수 있기 때문이다. 하늘 공원에는 산책로가 잘 조성되어 있어 데이트 장소로도 제격인데 가볍게 산책을 즐긴 뒤 노을 시간부터 야경까지 로맨틱한 시간을 가져 보는 것도 좋다.

하늘 공원 끝자락에 자리한 전망대에서는 월드컵대교, 가양대교, 여의도 국회의사당을 조망할 수 있다. 정상까지 편히 올라왔다면 계단을 따라 가볍게 내려가 보는 것도 하늘 공원을 완벽하게 즐길 수 있는 방법이다.

알찬 여행 TIP

- 삼각대를 가져가면 흔들림 없는 야경 사진을 촬영할 수 있습니다.
- 야경을 촬영할 때는 다음과 같이 카메라를 설정해 주세요. 타이머는 누르는 순간 사진이 흔들릴 수도 있기 때문에 꼭 설정해야 한답니다.(셔터스피드 1~3초 / 조리개 F8~10 / iso100~200 / 타이머 설정)
- 밤에는 쌀쌀하기 때문에 겉옷을 챙겨가면 좋습니다.

{ 서울 }

1년 중 가장 아름다운 서울의 밤, 세계 불꽃축제

추천 계절 : 가을

1년 중 단 하루, 서울의 밤하늘이 온통 화려한 불꽃으로 물드는 날, 서울이 가장 로맨틱하게 변하는 날이 있다. 잊지 못할 추억을 만들고 싶다면 무조건 세계 불꽃축제를 추천한다.

사람이 많은 곳은 기피하고, 불꽃에 '불'도 관심 없었던 나였지만 무슨 바람이 불었는지 문득 불꽃축제가 보고 싶어졌다. 그렇게 오전 9시부터 돗자리 하나 챙겨 들고 이촌 한강 공원에 앉아 불꽃축제를 기다리기 시작했다.

이른 시간이었지만 한강은 전쟁터나 다름없었다. 좋은 사진을 찍기 위해 삼각대를 세워 둔 사진 작가, 조금이라도 가까이에서 보기 위해 돗자리를 핀 가족, 연인과 함께 시간을 보내기 위해 한쪽에 앉아 기다리는 커플까지. 도대체 얼마나 예쁘다고 이런 고생까지 감수하면서

기다리는 것일까. 아직 한 번도 경험해 보지 못한 탓인지 내심 피곤한 눈을 비비며 괜히 왔다고 후회까지 했다.

한나절쯤 지났을까. 하늘은 금세 어두워졌고 어느덧 시계는 오후 7시를 가리켰다. 이때 갑자기 한강에서 한 발의 불꽃이 터졌다. 단 한 발이었지만 심장이 마구 요동쳤다. 그리고 한 발의 테스트 샷 이후 일제히 불꽃이 휘몰아치기 시작했다.

오색빛깔의 휘황찬란한 불꽃이 밤하늘을 수놓았고 한시도 눈을 뗄 수 없을 만큼 환상적인 불꽃놀이가 밤하늘을 메웠다. 시간을 순간 삭제당했다는 말이 체감될 정도였다. 손을 잡고 불꽃을 바라보는 연인들, 함께 환호성을 지르며 박수치는 가족. 이 순간만큼은 모든 생각은 잠시 접어 두고 그저 불꽃을 바라보며 감탄사를 내지르는 그런 행복감이 잔뜩 느껴졌다. 서울의 밤은 어느 곳보다 아름다웠다.

'내년에 또 와야겠다…' 이내 아침부터 툴툴거리던 내 모습은 온데간데없고 내년에 어디서 불꽃축제를 볼지 나도 몰래 찾고 있었다. 1년 중에 단 하루, 화려하게 밤하늘을 수놓는 불꽃축제는 인생에서 최고의 축제 중 하나로 기억 남을 듯하다.

알찬 여행 TIP

- 용양봉저정 공원, 사육신 공원, 여의도 공원, 노들섬, 이촌 한강 공원에서 불꽃축제를 보는 것을 추천합니다.
- 오전부터 인파가 몰리기 때문에 한강 공원에서 제대로 보고 싶다면 오전 일찍부터 부지런히 자리잡는 것을 추천합니다.

{ 전북 전주 }

꽃잔치의 시작, 완산칠봉 꽃동산

추천 계절 : 봄

봄과 초여름 사이에서 따뜻하다고 해야 할지 덥다고 해야 할지 헷갈릴 때쯤 벚꽃이 하나둘 지기 시작했다. 봄을 대표하는 꽃은 단연코 벚꽃이라 생각했기에 다른 꽃들이 피어나는 줄도 모르고 있었다. 그저, 봄은 다 갔다고 생각했을 뿐.

그렇게 홀로 집에서 시간을 보내고 있을 때, 같은 직업을 가진 C에게서 연락이 왔다. "너 전주 안 갈 거야? 지금 전주가 여행지로 뜨던데." 도대체 전주에 뭐가 있길래 여행지로 떴을까. 한옥마을? 먹거리? 나들이 가기 좋은 계절은 맞지만 끌리지 않는 건 분명했다.

정중히 거절하려던 찰나 다급히 나를 붙잡는 마지막 한마디가 들렸다. "지금 전주에 꽃잔치 열렸대." 나만 모르고 있었나 보다. 황급하게 SNS를 켜 검색을 시작했다. #전주여행. 이미 해시태그는 꽃으로 도

배되어 있었다. 마음은 변했고 곧장 수화기 너머로 외쳤다.

"당장 전주로 가자!"

전주 꽃잔치의 무대는 완산칠봉 꽃동산이었다. 벚꽃이 질 때쯤 몽글하게 피어나는 겹벚꽃과 붉게 물든 철쭉이 가득 피어 있는 곳이다. '꽃동산'이라는 이름답게 야트막한 언덕길을 따라 꽃길이 조성되어 있었고 진득한 색감 때문에 어느 곳에 시선을 두어도 휘둥그레졌다. 세상에 이렇게 예쁜 곳이 있었는데 안 올 뻔했다고? 다시 한번 나를 붙잡아 준 C에게 박수를 선사했다.

가볍게 꽃동산을 따라 걷기 시작했다. 겹벚꽃으로 온통 둘러싸인 풍경은 동화에 가까웠다. 때마침 바람에 겹벚꽃이 흩날리기 시작했고 이내 꽃비가 쏟아졌다. 두툼하게 피어난 꽃잎이 눈앞에 떠다니기 시작했다. 봄의 스노우볼이 있다면 이런 느낌일까? 시간이 잠깐 멈춘 듯했다. 전주에서 이런 풍경을 볼 수 있을 거라곤 상상도 못 했는데. 이 순간만큼 전주는 어느 도시보다 화려함이 가득했다.

이런 풍경을 볼 수 있는 건 여러 사람의 노력 덕분이란다. 1970년대부터 약 40여 년간 토지를 소유한 주인께서 정성스레 꽃을 심고 산책로를 정비했다. 그렇게 심은 벚나무와 벚꽃나무, 철쭉만 해도 무려 1,500그루다. 후에 전주시에서 매입하고 전망대를 짓고 꽃길을 단정하게 가꾸기 시작했다. 그렇게 전주에 화려한 꽃동산이 태어났다.

한껏 들뜬 표정으로 꽃길을 따라 정상까지 올랐다. 10분쯤 올랐을까. 오를수록 탁 트인 풍경이 점차 보이기 시작했고 어느덧 전망대에 도착했다. 전망대에서 내려다본 꽃동산은 철쭉으로 붉게 물들어 있었고 그 뒤로 몽글한 벚꽃나무들이 철쭉을 감싸고 있었다. 온 천지가 꽃

이구나. 이름값 제대로 하는 꽃동산이었다. 이내 떠나기 아쉬운 마음에 전망대에서 진득하게 머무르며 계속해서 사진을 잔뜩 남겼다.

꽃동산 다음으로는 전주대학교로 발걸음을 옮겼다. 학교에는 낭만이 가득 차 있었다. 도대체 공부는 어떻게 하라는 것일까. 내가 전주대학교 학생이라면 설레서 공부에 손이 안 잡힐 만큼 캠퍼스는 봄꽃으로 가득했다.

가장 먼저 들렀던 곳은 전주대학교 교수연구동 뒤편에 자리한 스타 정원이었다. 정원에는 노란색의 유채꽃과 보랏빛의 꽃잔디가 가득 피어 있었다. 꽃길 사이에는 따뜻한 햇살을 맞으며 편히 쉬어갈 수 있는 벤치들이 있었고 중앙에는 꽃잔디를 쌓아 올려 만든 귀여운 전망대도 마련되어 있었다. 유채꽃 사이에서 사진 한 장, 전망대에 올라 사진 한 장을 찍었다. 캠퍼스에 이렇게 사진 찍을 곳이 많다니. 이 학교에 다니는 사람은 축복받은 게 분명하다.

스타 정원을 지나면 완산칠봉 꽃동산과는 또 다른 느낌의 철쭉을 만날 수 있다. 특이하게 가로로 길게 늘어진 철쭉 벽은 압도되는 느낌마저 들 정도였다. 철쭉 벽 아래 사진 한 장 더 찍어 보자. 마지막으로 꽃잔치를 제대로 즐기는 순간이었다.

알찬 여행 TIP

- 완산칠봉 꽃동산 전망대에서 연산홍과 겹벚꽃 사이에서 사진을 찍어 보세요.
- 전주대학교의 스타 정원에서 동산 느낌으로 사진을 느껴 보면 더욱 멋진 사진을 얻을 수 있답니다.

두 번째 봄바람이 불어온 곳, 불국사

추천 계절 : 봄

학창 시절 수학여행하면 단연코 떠오르는 여행지는 불국사다. 이름만 들어도 지루할 것 같았던 그곳에 꽃이 피기 시작했다. 그것도 엄청나게 화려한 꽃으로 말이다. 경주는 지금 두 번째 봄을 맞이하는 중이다.

벚꽃이 지면 불국사의 인기는 치솟는다. 거짓말 조금 보태 경주까지 찾는 이유가 불국사일 정도다. 그 이유는 바로 어디에서도 볼 수 없는 수백 그루의 겹벚꽃이 만발한 덕분이다. 벚꽃이 진 후에야 서서히 모습을 드러내는 겹벚꽃은 이름만 들어도 벚꽃보다 더 화려한 것을 알 수 있다. 처음 보는 사람이라면 뭉실뭉실 피어난 꽃에 화들짝 놀랄 정도다.

숨 쉴 틈 없이 북적이는 사람과 주차난이 있기 때문에 불국사에서 겹벚꽃을 보기 위해선 어느 정도 불편함을 감내해야 한다. 아무래도 조금 더 한적한 꽃놀이를 즐기고 싶다면 부지런해질 필요가 있다.

불국사 겹벚꽃만의 특징이라면 나무의 키가 작아 꽃송이와 함께 감성 넘치는 사진을 남겨 볼 수 있다는 점이다. 물론 사진을 찍으려면 한참 동안 줄을 서서 찍어야 한다는 불편한 점도 존재하지만, 그것을 감수할 만큼 겹벚꽃의 아름다움은 어마어마하다.

넓게 펼쳐진 잔디밭에서는 평화롭게 소풍도 즐겨 볼 수 있다. 평범한 소풍이더라도 겹벚꽃이 피는 나무 아래라면 분명 특별한 여행으로 기록되겠지. 고민할 시간이 없다. 매혹적인 겹벚꽃에 빠지고 싶다면 불국사가 답이다.

알찬 여행 TIP

- 겹벚꽃은 4월 중순부터 개화를 시작합니다.
- 오후부터 사람이 많으니 한적한 사진을 찍고 싶다면 오전부터 부지런히 움직이는 것을 추천합니다.

03

모험을 떠나는 여행

대청도, 압도적인 절벽을 마주하다
삼다수숲길, 제주의 초록을 걷다
가의도, 마늘의 섬을 탐험하다
장태산자연휴양림, 자연의 놀이기구를 타다
신선대, 웅장한 설산을 오르다
천백고지, 겨울왕국을 만나다
구인사, 140개의 사찰에 가다
대숲 바람길, 비밀의 숲을 탐험하다
영주산, 신선이 살았던 곳을 오르다
선자령, 흰눈에 둘러싸이다
실안해안도로, 비밀의 벚꽃장소를 찾다
보리암, 남해의 보물을 찾다
연대도와 만지도, 하루에 두 곳을 여행하다
안성팜랜드, 국내에서 해외여행을 떠나다

{ 인천 옹진 }

압도적인 섬,
대청도

추천 계절 : 봄, 여름, 가을

우연히 본 대청도 사진 한 장 속에 깎아 지를듯한 거대한 절벽을 보고 홀린 듯이 대청도 배편에 탑승했다. 대청도는 인천의 가장 끝자락인 서해 5도에 속해 있는 섬으로 인천항에서 무려 4시간이나 걸린다. 육지로 따지자면 우리나라보다 북한이 더 가까울 정도니 어찌 보면 이국적이라는 단어가 알맞은 섬이 아닐까 싶다.

꽤 큰 섬에 속하기에 대부분은 보통 렌트카나 투어를 따로 신청하여 둘러보곤 한다. 하지만 아직은 곧 죽어도 청춘이라 믿는 나로선 대청도를 오롯이 느껴 보고 싶은 오기가 생겨, 나만의 여행 방법인 '걷기'를 선택했다.

우선 오른편부터 가볍게 돌아보았다. 오른편에는 옥죽포사막과 농여해변이 있다. 섬에 '사막'이라는 단어가 붙어 있다니, 조그마한 솔

숲 옆에 이토록 이국적인 사막이 숨어 있을 줄 누가 알았을까. 꼭꼭 숨어 있던 사막을 발견하곤 어린아이처럼 이곳저곳을 뛰어다니며 거닐었다. 사막에서 여유로운 시간을 보내고 반대편으로 향하면 농여해변이 등장한다. 대청도에는 여러 해변이 있지만 이곳의 특별함은 유일무이하다. 해변 한 켠을 지키고 있는 나이테 바위는 대청도의 수호신 같은 느낌마저 들었다.

둘째 날, 사진으로만 봤던 압도적인 풍경을 보기 위해 부지런히 서쪽으로 향했다. 가는 길목에 볼만한 풍경이 가득했다. 그중에서도 매바위 전망대에서 내려다본 시원한 풍경은 막혀 있던 속을 뻥 뚫리게 했다. 얼마나 부지런히 걸었을까. 드디어 사진 한 장으로 나를 대청도로 이끌었던 서쪽 끝자락에 자리한 서풍받이에 도착했다.

좁디좁은 오솔길을 지나 20분쯤 걸었을까. 꼭꼭 숨겨 둔 보물을 찾은 느낌이었다. 눈앞엔 스위스를 닮은 넓은 잔디밭이 펼쳐져 있었고 청량하다 못해 파란 물감을 풀어놓은 듯한 바다와 그리고 깎아지를듯한 서풍받이절벽이 보였다. 걷는 발걸음마다 감탄사가 터져 나왔다.

자리에 주저앉아 사방으로 눈을 돌려 풍경을 담았다. 마음속 응어리진 걱정, 고민, 슬픔 따위는 느낄 새가 없었다. 그저 압도적인 풍경을 바라보며 경외감을 느낄 뿐이었다. 행복의 기준은 무엇일까. 그저 이런 풍경을 바라보며 근심 걱정이 없는 것만으로도 행복하다고 느낄 수 있는 게 아닐까.

알찬 여행 TIP

- 뚜벅이 여행을 하고 싶다면 최소 2박 3일의 일정을 추천합니다.
- 머무는 펜션에서 렌트카 대여 및 투어 신청이 가능하니, 빠르게 둘러보고 싶다면 추천합니다.
- 밤에는 옥죽포사막에서 은하수를 볼 수 있습니다.

{ 제주 }

파도 파도 끝이 없는 섬, 삼다수숲길

추천 계절 : 여름

"제주 여행 다 한 것 같지? 제주는 파도 파도 계속 나와."

제주살이 5년 차, 이제는 어엿한 제주도민이 된 형은 이름도 모를 신비한 숲으로 우리를 인도했다.

제주 교래리에 자리한 삼다수숲길은 지질학적 가치를 인정받아 2018년에 제주의 13번째 지질 공원 대표 명소로 지정되었다. 그래도 숲길에 아무 흔적이 없는 것을 보면, 아직은 사람들이 잘 모르는 곳인가 보다. 오가는 몇몇 산악회만 보였을 뿐이었고, 카메라 한 대만 주렁주렁 메고 걷는 여행자는 우리뿐이었다. 뭐, 아무렴 어때. 오히려 사람 없는 것을 좋아하는 모임인지라 오늘은 숲의 소리에 더 집중하기로 했다.

숲길을 걷는 코스는 총 세 가지다. 난이도로 치자면 가장 쉬운 코스인 꽃길(1.2km, 30분 소요), 테우리길(5.2km, 1시간 30분 소요), 사농바치

길(8.2km, 2시간 30분 소요)로 구분되어 있다. 우리는 가볍게 걸어 볼 요량으로 꽃길 코스를 택했다.

숲은 제주를 담고 있었다. 길게 뻗은 삼나무가 빽빽했고, 곳곳에는 곶자왈에서나 볼 수 있는 식물이 가득했다. 이게 겨울인지, 여름인지 분간이 안 갈 정도로 뒤덮인 초록의 숲은 제주를 그대로 옮겨 놓은 듯했다. 난생처음 보는 묘한 풍경에 이끌려 조용히 트레킹을 시작했다. 한 걸음, 두 걸음 내디딜 때마다 들리는 사부작사부작 소리까지 완벽했다. 매일 이런 숲을 걸을 수 있는 제주도민이 부러워지는 순간이었다.

20분쯤 걸었을까. 제법 사려니숲길과 비슷한 느낌의 장소가 등장했다. 달랐던 점이라면 나무가 온통 초록색이었다는 점이다. 심지어 나무껍질마저 초록색이다. 신기한 광경에 눈을 떼지 못했다. 초록이 가득한 이 나무는 편백나무란다. 우리나라의 유명한 편백나무숲은 수차례 가 봤지만 제주의 편백나무는 또 다르다.

아마 이곳이 트레킹 코스의 마지막이었을 거다. 트레킹이라고 하기도 조금 민망하니 짧은 산책 정도로 정정하자. 다음은 어느 코스로 걸어 볼까나. 벌써 궁금해지는 삼다수숲길이다. 그럼, 다음에 또 보자.

알찬 여행 TIP

- 울퉁불퉁한 현무암이 많으니 운동화를 신는 것을 추천합니다.
- 숲길에는 화장실이나 매점이 없으니 미리 준비하여 출발하는 것이 좋습니다.

알싸한 마늘의 섬, 가의도

추천 계절 : 봄, 여름

스르르 불어오는 바람에 알싸한 향이 풍겨온다. 코끝이 찡한 방향을 따라 바닷길을 세차게 건넌다. 마늘의 섬 가의도에 도착했다. 하나둘 배에서 내린 여행객들은 천천히 섬을 거닐고, 낚시꾼들은 새 찬 파도 앞에서 무심히 물고기를 낚아 낸다. 그래, 가의도는 그런 곳이다. 무엇 하나 빠르게 해 내는 것이 없다. 그저 흘러가는 대로 즐기는 것이 가의도를 즐기는 방법이다.

가의도 여행은 굿두말마을에서 시작된다. 빽빽이 들어선 마늘밭에는 40여 가구가 채 안 되는 마을 주민들이 옹기종기 모여 살고 있다. 주민들의 생을

책임지는 건 우리나라에서 가장 알아 준다는 육쪽마늘이다. 덕분에 봄과 여름이면 섬 전체는 초록빛으로 일렁거린다.

마을을 따라 언덕에 오르면 두 갈림길이 등장한다. 왼편으로는 신장벌로 향하는 코스, 오른편으로는 남항과 전망대로 향하는 코스다. 어느 곳을 선택하든 상관은 없다. 섬 전체가 워낙 작아 모두 거닐어 볼 수 있다.

오른편으로 가는 코스를 먼저 택했다. 전망대로 가는 길에는 500년 동안 마을을 지켜 온 보호수의 모습을 볼 수 있다. 가의도에 은

행나무는 이 보호수가 유일하다. 5km 반경에 수컷 은행나무가 없기 때문인데, 짝을 지어 주려 아무리 수나무를 심어도 모두 죽고 만단다. 시샘이라도 하는 것일까. 참, 알다가도 모를 섬이다.

보호수를 뒤로하고, 부지런히 산길을 따라 전망대에 올라섰다. 눈이 시리도록 푸른 바다는 잔뜩 쉬어가라는 듯 아름다운 자태를 뽐냈고, 나는 바다에서 불어오는 바람에 땀을 식혔다. 아, 역시 올라오길 잘했다. 숨은 보석을 놓칠 뻔했으니 말이다.

충분한 휴식을 취한 후, 신장벌 해수욕장으로 향하는 길을 걸었다. 가는 길에는 소나무와 소사나무가 우거진 소솔길을 거쳐야 한다. 우거진 숲속은 다행히도 내리쬐는 햇빛을 막아 주었고, 바다에서 불어오는 바람은 괜스레 기분을 좋게 만들었다. 걷기만 해도 좋다는 뜻이 이런 느낌이겠지.

소솔길을 따라 부지런히 걷다 보면 드넓은 바다가 나타난다. 그 바다 위에 거대하게 솟아난 바위가 바로 독립문바위다. 일명 '코끼리바위'라고도 불린다. 간조 때 독립문바위까지 걸어 들어갈 수 있는 특별한 경험도 할 수 있으니 시간을 잘 맞춰가면 더욱 특별한 여행으로 남을 것이다.

알찬 여행 TIP

- 섬 한 바퀴를 도는데 4~5시간 정도 소요됩니다.
- 마늘밭의 풍경은 봄에 볼 수 있으니 시기를 잘 맞춰서 가는 것을 추천합니다.

'우리는 어쩌면

이 소중한 추억 하나를 되찾기 위해

여행을 하는 것일지도 모르겠어.'

{ 대전 }

노잼이 아닌 꿀잼 도시, 장태산자연휴양림

추천 계절 : 가을

노잼 도시(관광 거리가 부족해 상대적으로 관광객이 적은 도시)는 대전이 가지고 있는 별명이다. 하지만 단숨에 그 타이틀을 부숴버리고 대전을 유잼 도시로 각인시켜버린 여행지가 있으니, 바로 장태산자연휴양림이다.

자연을 사랑하다 못해 자연 속에 파묻혀 살고 싶은 나에게 이곳은 충격적인 여행지였다. 온통 메타세쿼이아로 도배된 숲길 하며 곱디곱게 가꾸어 낸 호숫가와 정원 그리고 재미를 더해 줄 스카이워크까지. 이런 곳을 꼭꼭 숨겨 두고 어떻게 노잼 도시라는 타이틀을 가지게 된 건지 의문이 들 정도로 장태산자연휴양림은 정말 매력적인 여행지였다.

그 매력에 반해 이곳은 봄부터 가을까지 생각이 나면 한두 번씩 찾아가게 되는 곳이 되었고, 사계절 중 붉게 단풍이 내려앉는 가을이 오

면 꾸역꾸역 시간을 내 어떻게든 찾아가는 여행지가 되었다.

이곳을 자랑하자면 1970년부터 식재를 시작해 현재까지 총 6,300그루의 나무가 식재될 정도로 어디서도 보지 못한 울창한 메타세쿼이아 길을 거닐 수 있다. 특히 가을에 곱게 물든 메타세쿼이아길만 놓고 보면 국내 가을 풍경 중 세 손가락 안에 꼽을 만큼 무척이나 아름다운 곳이다.

그뿐인가, 천천히 전망대에 올라 아래를 내려다보면 불이 난 듯 온통 새빨갛게 물든 휴양림을 볼 수 있다. 과장 조금 보태 우리나라에서 유일하게 볼 수 있는 풍경은 이곳밖에 없을 거다. 이 모습에 반해 매년 이곳을 찾게 되는 거겠지.

규모도 엄청나다. 숲길을 따라 걷는 데만 1~2시간은 족히 소요되고 숲길을 가로지르는 스카이워크는 16m 높이를 자랑한다. 이곳을 걷는다면 단풍들이 에워싸고 있어 마치 불길 속을 걷는 듯한 느낌을 받을 수 있다. 스카이워크 끝에 도착하면 27m 높이의 전망대에 오를 수 있는데 나무보다 더 높은 정상에서 장태산을 한눈에 내려다보면 어느새 편안한 마음만이 가득 들어찬다.

이곳은 주접을 떨고 싶을 만큼 완벽하다. 무언가 내려 놓고 싶은 사람이 있다면 온 힘을 다해 "장태산을 꼭 가 보라!" 하고 소리칠 만큼 말이다.

알찬 여행 TIP

- 포토존 전망대까지는 20분 정도 소요되며 제법 가파르기 때문에 운동화를 신는 것을 추천합니다.
- 계절마다 스카이워크 운영시간이 다르니 확인하고 방문하세요.
- 계절마다 다른 분위기를 내기 때문에 언제 가도 좋습니다.

{ 강원 고성 }

믿지 못할 풍경, 금강산 신선대

추천 계절 : 겨울

몇 년간 SNS를 뜨겁게 달군 사진이 있었다. 우리나라가 아닌 것만 같은 웅장한 바위에 파노라마처럼 펼쳐지는 수려한 산세 그리고 그 풍경 속에 어우러진 사람까지. 강원도 끝자락 고성에 자리한 금강산 신선대에서 찍은 사진이다.

눈이 펑펑 내린 겨울이었다. 한껏 바쁜 가을을 보낸 후 강원도에서 여유로운 휴가를 보내고 있던 참이었고 구석구석 강원도를 돌아다니며 설경 찍는 재미에 푹 빠져 있었다. 그러다 문득 언젠가 꼭 가 봐야지 다짐했던 신선대가 번뜩 생각이 났다. 함께 여행하던 일행들에게 곧장 사진을 보여 주며 "여기 진짜 너무 예쁘지 않아요? 지금 눈 내려서 더 예쁠 거예요"라며 영업을 시작했고 모두에게 동의를 구한 후 곧바로 고성으로 향했다.

등산로 초입에 도착한 우리는 누가 봐도 그저 놀러 온 사람들이었다. 우리의 복장은 청바지와 코트, 슬랙스였고, 등산로 초입에 장사를 하던 사장님은 그런 우리를 보고 한숨을 푹푹 쉬며 "그러고 신선대에 올라가시려고요?"라며 걱정 어린 말을 건넸다. 잘못된 줄조차 몰랐던 우리는 밤새 내린 눈으로 마치 던전처럼 변해 있던 등산로 입구를 보고서야 무언가 잘못됐음을 느꼈다. 다행히 등산로 입구에서 스패츠와 아이젠, 장갑 등 겨울 등산 장비가 있어 신선대에 오를 수 있었다.

신선대까지 오르는 길은 꽤 힘겨웠다. 폭설로 인해 맨몸으로 눈을 뚫고 가야 하는 지경이었고 길은 미끄럽기까지 해 오르다 엉덩방아를 찧기 일쑤였다. 하지만 여기서 포기할 우리가 아니지. 이를 악물고 숨을 헐떡이며 꾸역꾸역 앞으로 전진했다. 오르는 길목에 발이 푹푹 빠졌지만 어느덧 우리에겐 정상이라는 목적지만이 존재했다. 그렇게 2시간 정도 올랐을까. 어느덧 눈앞에 금강산이 파노라마처럼 펼쳐졌고 이내 감탄하며 얼마 남지 않은 신선대까지 발걸음에 박차를 가했다.

신선대에 도착하고 두 눈을 의심했다. 늘 멀리서만 봤던 울산바위가 코앞에 있었고 웅장함을 넘어서 경외심까지 느껴지는 풍경이 펼쳐져 있었다. 사진으로만 봤기에 '에이 뭐 이 정도까지겠어!' 싶었지만 도착해서 보니 '미쳤다'라는 표현밖에 안 나올 정도로 아름다운 풍경이었다.

잠시 휴식을 취하고 숨을 고른 후 셔터를 눌렀다. 예술이었다. 찍는 족족 엄청난 사진들이 탄생했다. 거짓말 하나 안 보태고 눈물이 찔끔 나올 뻔했다. 힘들게 등산한 보람이 있었다. 역시 산은 배신하지 않는다.

신선대에서 내려와 고즈넉한 사찰인 화암사도 함께 둘러보았다. 규모는 그리 크지 않지만, 금강산 자락에 꼭꼭 숨겨 둔 보물 같은 느낌의 사찰이다. 특히 화암사에서 올려다보이는 수바위는 전국 어디에서도 볼 수 없는 특별한 풍경이라 놓치지 말고 둘러보면 좋다. 한쪽에 마련된 찻집에서 수바위를 바라보며 뜨끈하게 몸을 녹이고 여행을 마무리하자. 그러면 완벽한 겨울 여행을 완성할 수 있다.

알찬 여행 TIP

- 스패츠, 아이젠, 등산 스틱 등을 미리 준비해 가면 좋습니다.
- 겨울철 정상까지는 2시간 정도 소요됩니다.
- 오후에는 울산바위 방향이 역광이기 때문에 오전에 오르는 것을 추천합니다.

{ 제주 }

우연히 만난 겨울왕국, 천백고지

추천 계절 : 겨울

눈이 내린 천백고지를 만났던 건 순전한 우연이었다. 제주에 첫눈이 내리던 어느 날, 제주는 마치 이날만을 기다렸다는 듯 미친 듯이 눈을 뿌려대기 시작했다. 심지어 올해 첫 대설주의보였다.

5·16 도로를 따라 1100도로에 오른 순간, 눈바람이 몰아쳤고 '이 이상 가다간 죽겠는데?'라는 생각이 전두엽부터 발끝까지 관통했다. 그렇게 눈이 그치고 도로가 제설이 되기 전까지 버텨 볼 요량으로 도착하게 된 곳이 바로 천백고지 휴게소였다.

그야말로 경이로웠다. 천백고지를 바라본 첫 느낌은 '세상에, 제주에 이런 풍경이 있었어?'였다. 천백고지를 따라 이어진 길은 백구보다 더 새하얗게 뒤덮여 있었고, 가지마다 눈꽃은 가득 걸려 있었다.

약간의 배신감까지 느껴졌다. 겨울 제주에서 이런 걸 볼 수 있다고 왜 아무도 말을 안 해 줬을까. 나중에 찾아보니 천백고지는 심심치 않게 눈을 구경할 수 있는 곳이란다. 날씨가 추울 때, 해안가에 비가 내리고 있다면 천백고지에 눈이 내릴 가능성이 크다고 한다. 심지어 CCTV로도 눈이 내렸는지 확인이 가능하다.

원래 차 안에서 잠깐 눈을 붙일 생각이었지만 역시나 이놈의 직업병은 나를 가만히 내버려 두지 않았다. 이런 풍경을 두고 어떻게 가만히 있을 수 있겠어. 주섬주섬 패딩을 주워 입고 휴게소 맞은편에 자리한 산책길로 향했다. 산책길은 순환형으로 한 바퀴를 돌면 자연스레 입구로 돌아오는 구조였다. 천백고지를 따라 30분간 이어진 새하얀 겨울왕국은 우리나라에서 분명히 다섯 손가락 안에 꼽힐 설경이었다.

눈꽃이 걸린 나뭇가지 사이를 지나칠 때면 자연이 만들어 낸 눈꽃 터널을 지나가는 것만 같았다. 새하얀 세상을 걷는 건 또 처음이라 혼자 싱글벙글 신나 조용히 겨울 노래를 불러댔다. 다행히도 사람이 많이 없어서 창피하지는 않았다. 아마 사람이 있었어도 조용히 불렀겠지만 말이다.

새하얗게 눈이 내려앉은 길을 따라 천천히 걷다 보니 어느덧 눈이 그쳤다. 스치듯 만난 천백고지, 다음을 기약한다.

알찬 여행 TIP

- 제주경찰청이나 인터넷에 CCTV를 검색해 천백고지의 습지 상태를 확인할 수 있으니 출발 전 확인하는 것을 추천합니다.
- 탐방로는 순환형으로 20분 정도면 둘러볼 수 있답니다.

{ 충북 단양 }

한국에서 가장 압도적인 가을 풍경, 구인사

추천 계절 : 가을

전국에서 가장 웅장한 사찰을 떠올리면 내 머릿속 1순위는 단연코 구인사다. 그저 일반적인 사찰을 생각하고 여행을 갔다가 큰코 다치기 십상인 여행지가 바로 구인사인데, 등산 수준의 운동을 하고 왔었던 기억이 생생하다. 알고 보니 무려 140개의 사찰을 관장하는 엄청난 크기란다. 그만큼 사찰의 웅장함에 매료되고 싶다면 구인사가 정답이다.

소백산 기슭에 자리한 구인사는 매년 가을이면 더욱 아름다운 모습을 뽐낸다. 가파른 언덕길을 따라 쭉 이어진 고즈넉한 건물을 둘러싼 울긋불긋 물든 단풍은 사찰에 웅장한 맛을 더한다. 가을에 가 본 여행지 중 이런 느낌의 여행지가 있었을까. 뭔가에 홀린 듯 구인사에 반해 천천히 걷다가 경외감까지 느꼈던 여행지는 아마 이곳이 유일할 거다.

입구부터 정상까지 오르는 길은 약 800m다. 웬만한 성인도 헉헉

거리며 오르는 언덕길이지만 문득 고개를 들어 바라보는 풍경은 국내 어느 곳을 가져다 놓아도 성에 안 찰 만큼 아름다운 풍경을 자랑한다. 걷는 내내 "와…" 소리를 얼마나 내뱉었는지 셀 수 없을 정도로 수많은 감탄사를 뱉어댔다.

얼마나 걸었을까. 시간 가는 줄도 모르고 단풍놀이를 즐겼다. 웅장

한 매력이 가득한 사찰을 따라 연발 셔터를 눌러 대다 보니 어느새 시간이 흘렀다. 참 묘한 곳이다. 다른 세상에 와 있는 듯한 느낌이랄까. 가을에 이런 곳을 또 찾을 수 있을까? 아쉬움을 뒤로한 채 구인사에서 점점 멀어져갔다.

구인사에서 조금 떨어진 곳에는 꽃들이 가득 핀 도담정원이 있다. 오랫동안 방치되고 있었던 저수 구역을 단양군과 수자원공사가 협력해 조성한 곳이다. 이곳에 가면 도담상봉을 배경으로 한 아름다운 꽃밭을 볼 수 있다.

봄에는 유채꽃과 청보리, 가을이면 황하 코스모스와 백일홍이 만발해 여행객들을 유혹한다. 나도 그 유혹에 당하고 말았다. 구인사와는 다른 화려한 풍경은 단숨에 새로운 기분을 느낄 수 있었다. 꽃놀이까지 알차게 즐길 수 있는 단양이라니. 두 가지 매력을 함께 느껴 보고 싶다면 꼭 여행 코스에 넣어볼 만한 가치가 있는 곳이다.

알찬 여행 TIP

- 구인사 정상까지는 도보로 30분 정도 소요됩니다.
- 구인사 입구를 프레임으로 이용해 사진을 찍어 보세요.
- 도담정원의 꽃밭에서 도담삼봉과 함께 사진을 찍어 보세요.

{ 충남 당진 }

쉿 아무도 모르는 비밀 여행지, 대숲 바람길과 왕따나무

추천 계절 : 겨울

당진 사람들조차 모른다는 비밀스러운 숲길이 있다. 이 숲길과 만난 건 순전히 우연이었다. 여행 중 잠깐 목이나 축일 요량으로 근처에 카페를 들렀고 낯선 외지인을 본 마을 주민이 말을 걸어왔다. "여기 볼 것도 없는데 뭐 하러 여기까지 온 겨. 온 김에 근처에 대나무숲길 있으니까 거기 한번 가 봐. 사람도 없고 좋아"라며 가르쳐 주신 장소다. 심지어 입구조차 찾기 힘든 곳이라 이곳 사람이 아니라면 절대 알 수 없는 여행지란다. 그야말로 비밀의 숲인 셈이다.

그렇게 찾아간 곳이 바로 대숲 바람길이다. 숲은 고요했다. 온 사방이 대나무로 둘러싸여 있었고 이름 그대로 오로지 바람 소리뿐만이 숲을 가득 메운 공간이었다. 때마침 하늘에서는 눈이 소복하게 내리고 있었다. 아무도 밟지 않았던 새하얀 눈길을 따라 사박사박 숲길을 걸

어 본다. 이런 곳에 비밀스러운 공간이 있었을 줄이야. 잠깐 우두커니 서 바람에 흔들리는 숲의 소리에 귀를 기울이기도 하고 불어오는 차가운 바람에 볼을 내어 주기도 했다. 상쾌하다. 이런 기분을 느껴 본 게 얼마 만이었던가.

그저 지나쳤을 수도, 알 수도 없었던 곳이었는데 운 좋게 이런 곳을 만났다. 나만의 비밀스러운 여행지가 추가된 것 같아 내심 미소가 흘러나왔다. 대숲 바람길은 약 20분간 이어졌다. 그다지 큰 규모는 아니었지만, 내가 원하는 만큼 숲에 머무르면 그만이니 상관은 없었다. 눈길을 따라 뽀드득 발소리를 내며 괜히 걸음을 늦춰 본다. 떠나기 아

쉬운 마음에 새하얀 눈길에 발자국을 가득 남긴 채 말이다.

대숲 바람길을 여행 후 예전부터 당진에서 가 보고 싶었던 장소에 들러보기로 했다. 우강면에 '왕따나무'라고 불리는 곳이다. 이름조차 없는 장소인데 사진 작가들 사이에선 알게 모르게 유명해진 포토존이란다. 주변엔 둘러볼 만한 곳 하나 없는 그저 논밭인 곳인데 그 사이에 우뚝 솟은 오래된 나무가 자리를 지키고 있었다. 이런 풍경 덕분에 방송에도 제법 심심치 않게 등장했다.

도착해 마주한 팽나무는 감탄을 자아냈다. 왜 이런 곳에 이런 나무가 있는지 모르지만 사진 한 장 찍기 위해 들러보기 좋은 장소란 생각을 했다. 잠시 나무에 기대 파란 하늘을 잔뜩 올려다보았다. 겨울임에도 포근함이 가득 느껴졌다.

알찬 여행 TIP

- 대숲 바람길에 갈 때 랜턴을 준비해 가면 좋습니다.
- 왕따나무 근처에 주차할 때는 통행에 방해가 되지 않게 갓길에 잠깐 주차하세요.

수년간 여행하며 느꼈던 건

여행에는 특별한 힘이 있다는 사실입니다.

알 수 없는 용기가 생긴다거나

행복했던 추억을 떠올리게 한다거나 말이죠.

{ 제주 }

동쪽에서 불어오는 바람, 영주산과 용눈이오름

추천 계절 : 여름

제주하면 떠오르는 단어가 무엇이 있을까. 바다, 석양, 꽃처럼 다양한 단어가 있겠지만 나에게 제주하면 '오름'이 가장 먼저 생각난다. 그만큼 제주에는 다양한 오름이 많이 존재하는데 특히 동쪽에 좋아하는 오름들이 몰려 있다. 그중 가장 소개하고 싶은 오름 두 곳을 이야기해 보려 한다.

영주산은 지금까지 잘 알려지지 오름이다. '오름'이란 단어가 들어가지 않은 탓일까. 검색도 잘 안될 뿐더러 근처에 즐비한 오름들이 많아 굳이 영주산을 선택하는 여행자가 많지 않은 것 같다. 덕분에 한적하고 예쁜 풍경을 나 홀로 즐길 수 있는 특권을 누릴 수 있는 곳이다.

오름 중에서도 제법 가파른 오름에 속하기에 걷는 길이 고될 수 있다. 오르는 길 내내 평지를 찾아볼 수 없어 영주산에 오르려면 어느 정도 각오는 단단히 해야 한다. 하지만 왜 이렇게 힘든 영주산을 걸어야 할까 싶다가도 오름을 오르다 뒤를 돌아보는 순간 '제주 동쪽에 이런 풍경을 볼 수 있구나'라는 생각이 들며 단박에 이해가 될 것이다.

드넓은 초원이 펼쳐져 있고 촘촘히 무리 지어 있는 나무들과 지평선이 보이는 바다까지 어느 하나 놀랍지 않은 풍경이 없다. 특히 날이 좋을 땐 동쪽의 명소인 우도와 성산일출봉까지 한눈에 펼쳐져 놀라움

을 자아낸다.

놀라운 풍경은 여기서 끝이 아니다. 좀 더 위쪽에는 '천국의 계단'이 기다리고 있다. 영주산에 신선이 살았다고 하여 붙여진 계단인데 오늘만큼은 나도 신선이다 생각하고 오르면 좋다. 하늘 위로 끝없이 걷는 천국의 계단은 오름 중에서도 이곳밖에 없을 듯싶다. 특히 일출에 맞추어 이곳을 오르면 왠지 모르게 신성한 느낌마저 든다. 언제 어느 시간에 가도 분명 만족할 곳이다. 제주 여행 계획이 있다면 지금 당장 여행 코스에 넣어 두자.

제주 동부에는 가장 아름다운 전망으로 소문난 용눈이오름이 있다. 20년 전 오름의 아름다움에 빠져 제주에서 여생을 보낸 김영갑 사진 작가가 다랑쉬오름과 더불어 가장 사랑한 오름이기도 하다.

'능선이 가장 아름다운 오름'이라는 그의 극찬 덕분일까. 많은 사람이 용눈이오름을 찾기 시작했고 제주에서 가장 사랑받는 오름 중 하나가 되었다. 오름이 비교적 완만한 경사로 이루어져 쉽게 오를 수 있어 많은 사람이 찾는 것일 수도 있겠다.

오름을 오르다 보면 종종 방목되어 있는 말들도 볼 수 있다. 가장 제주스러운 오름이라고 표현해야 할까. 바라만 보고 있어도 제주에 왔구나 싶을 풍경이다. 해가 질때쯤 능선을 따라 걷다 보면 어느새 붉게 물들어 가는 풍경을 볼 수 있는데 시간에 따라 다르게 보이는 오름의 모습은 신비롭기까지 하다.

쉬어가고 싶은데 오름도 오르고 싶다면 용눈이오름을 꼭 기억해 두자. 분명 이곳만한 곳이 없을 테니까.

알찬 여행 TIP

- 영주산은 정상까지 30분 정도 소요되며, 경사가 가파릅니다.
- 용눈이오름은 정상까지 30분 정도 소요되며, 경사가 완만합니다.
- 일출이 아름다워 일출 시간대를 확인하여 방문하는 것을 추천합니다.

가끔 사무치게 기억에 남는 여행이 있다.

예상치도 못한 순간에

훅 다가온 그런 이유 하나만으로 말이다.

{ 강원 평창 }

끝내주는 겨울방학을 보내는 법, 선자령

추천 계절 : 겨울

올겨울 최고의 선택은 평창에서 겨울을 보낸 게 아닐까 싶다. 기나긴 봄, 여름, 가을이 지나고 드디어 겨울이 찾아왔다. 올겨울은 끝내주게 멋진 곳에서 휴가를 보내고 싶었다. 때마침 평창에서 민박집을 운영하는 L에게 연락이 왔다.

"이번 겨울에 우리 민박집에 놀러 와. 같이 겨울방학 보내자."

겨울에 남는 건 시간밖에 없었으니 솔깃한 제안이었다. 그렇게 곧장 짐을 챙겨 평창으로 향했다. 평창에서의 생활은 평화로웠다. 느지막하게 일어나 눈을 비비며 창밖을 바라보았다. 새소리도 들리지 않았고 하늘에선 소복하게 눈이 내리고 있었다. 수시로 제설이 잘 진행되고 있었으니 눈이 많이 내린다고 걱정할 이유도 없었다. 느긋하게 준비를 하고 있을 때쯤 때마침 L이 한 가지를 제안했다.

"선자령 가 봤어? 겨울에는 거기가 전국에서 제일 예뻐."

L은 몇십 분간 선자령 자랑을 엄청나게 했다. 전국에서 제일 예쁘다는 말은 평창 시민의 애정 필터가 반영된 건 아닐까. 마음속 청개구리 심보가 발동되었다. "그래, 얼마나 예쁜지 직접 가서 보겠어." 그렇게 간단하게 아침을 먹고 선자령으로 향했다.

선자령 주차장에 도착하자 마자 나도 모르게 '헉!'소리부터 나왔다. 나무에는 설탕처럼 눈이 잔뜩 얹어 있었고 길에는 하얀 도화지보다 더 깨끗한 새하얀 눈이 발목까지 쌓여 있었다. 파란 하늘까지 완벽했다. 살면서 처음 보는 풍경이었다.

이제 선자령길을 걸을 볼 차례다. 가는 길 내내 보여지는 비현실적인 설경은 나를 미치도록 만들었다. 여행을 업으로 삼고 있으면서도 봄, 여름, 가을에만 열심히 일을 했던 탓일까. 이런 겨울 풍경은 정말 색다른 느낌이었다.

한 걸음 한 걸음 걸을 때마다 영화 속의 주인공이 된 것만 같았다. 감탄사를 내뱉으며 마구 셔터를 눌러 댔다. 사진 한 장 한 장 찍을 때마다 행복 에너지가 가득 충전되는 기분이었다. 그렇게 몇 시간 내내 함박웃음을 지으며 미친 듯이 설경에 푹 빠져버렸다.

눈으로 정상으로 가는 길이 막혀 버렸지만 구태여 오르지 않아도 여행의 만족감은 극에 달했다. 아니, 정확히 말하자면 정상까지 오를 필요가 없었다. 새하얀 숲길을 걷는 것만으로도 내내 행복한 기분에 빠졌다. 평생토록 잊고 싶지 않은 겨울방학이었다.

알찬 여행 TIP

- 눈이 많이 쌓여 있으면 정상까지 오르기 힘듭니다. 스패츠, 아이젠을 필수로 준비해 주세요.
- 정상까지 오르지 않아도 충분히 매력적인 설경을 만날 수 있으니, 등산을 무리해서 하지 마세요.
- 주차는 대관령마을 휴게소를 이용하면 됩니다.

{ 경남 사천 }

한적한 벚꽃 비밀장소, 실안해안도로와 청룡사

추천 계절 : 봄

방구석에 가만히 앉아 있었을 뿐인데 나도 모르게 봄이 성큼 다가왔다. 이대로 방 한편에 홀로 남아 있을 수는 없지. 부랴부랴 짐을 챙겨 아무도 모르는 나만의 벚꽃 비밀장소로 떠났다. 그곳은 이름만 들어도 생소한 지역, 사천이다.

사천에 자리한 실안해안도로는 사천과 남해를 잇는 삼천포대교 근처의 해안도로다. 열에 열은 모를 정도로 지역 주민조차 알음알음 찾는 숨은 벚꽃 명소다. 바닷길을 따라 이어진 벚꽃길은 고요하고 아름다웠다. 벚꽃놀이라 하면 붐비는 사람들부터 생각날 테지만 이곳은 그저 주변을 오가는 마을 주민만 있어, 세상에 혼자 남겨진 것처럼 벚꽃놀이를 즐겼다.

아, 이 맛이지. 숨은 장소를 찾아 떠나는 탐험 같은 여행은 이런 맛이 아닐까. 속으로 뿌듯함을 느끼며 이곳에서 여유를 느낄만한 장소를 물색했다. 해는 점점 붉어져 가며 벚꽃과 바다를 흠뻑 적셨다. 살면서 처음 보는 풍경에 감탄을 내질렀다.

해안도로 한쪽에는 못 보던 스카이워크가 조성되어 있었다. 웅장한 용의 동상이 눈길을 사로 잡았다. 스카이워크를 따라 가볍게 산책했다. 비록 몇백 미터 되지 않는 짧은 길이었지만 감동을 주기에는 충

분했다. 바다 너머로 떨어지는 둥그런 해와 각도를 맞춰 보았다. 마치 여의주를 물고 있는 모습 같다. 해가 지는 시간에는 노을의 풍경을 진득하게 느껴 보았다. 벚꽃과 환상적인 노을이 함께라면 이곳에서 살아도 좋겠다.

실안해안도로만으로 아쉽다면 사천 청룡사도 함께 둘러보자. 청룡사의 사찰 중앙에는 커다란 벚꽃나무가 숨겨져 있다. 청룡사에는 겹벚꽃이 피는 나무가 있어 이맘때쯤 사람 없는 한적한 벚꽃놀이를 즐길 수 있다. 무엇보다 고즈넉한 사찰에 몸을 맡겨 쉬어가기 좋고 한적하게 벚꽃나무를 구경하기도 너무 좋았던 곳이기에 이런 분위기를 사랑하는 사람이라면 꼭 둘러보면 좋을 것이다.

알찬 여행 TIP

- 해가 질 때 실안해안도로에 가면 죽방렴 뒤에 펼쳐지는 노을을 감상할 수 있습니다.
- 청룡사에는 겹벚꽃이 유명한 지역입니다. 4월 중순부터 활짝핀 겹벚꽃 풍경을 볼 수 있으니 봄 여행지로도 추천합니다.

{ 경남 남해 }

보물 같은 남해의 여행지, 금산 보리암

추천 계절 : 사계절

정말이지 남해는 보물 같은 곳이다. 구석구석 버릴 곳이 없다. 문득 걷다가 마주친 풍경도 아름다웠거니와 '쪽빛'이라는 별명답게 빛이 나는 곳이었다. 그중에서도 보리암과 금산산장은 꼭꼭 숨겨 둔 보물 중에서 가장 빛나는 보물 같았다. 천천히 오르내리며 보았던 풍경은 두말할 것도 없고 한려수도를 반찬 삼아 먹는 라면까지 완벽했다. 남해의 필수 코스이자 감성 맛집인 금산 보리암과 금산산장을 짧게 소개해 보겠다.

단언컨대, 남해에서 필수로 가 봐야 할 여행지는 바로 금산 보리암이다. 원효대사가 도를 닦은 사찰로 알려져 있고, 태조 이성계가 백일기도를 드렸다고도

전해져 내려오는 금산 보리암은 우리나라 3대 기도 도량 중 한 곳이면서, 무려 천 년의 역사를 가진 사찰이다. 그만큼 남해에서 절대 놓쳐선 안 될 여행지가 바로 금산 보리암인 셈이다.

그러나 금산 보리암을 추천하는 이유는 따로 있다. 정상에 오르면 한려수도(경남 통영, 사천, 남해를 거쳐 전남 여수에 이르는 물길)의 풍경부터 곳곳에 자리 잡은 기암괴석이 꽤 흥미롭기 때문이다. 거인이 차곡차곡 쌓아 올린 듯한 바위, 한눈에 내려다볼 수 있는 바다, 바다 옆에 옹기종

기 모여 있는 마을까지. 신비롭지 않은 풍경이 없다. 우리나라에서 이런 풍경은 오직 남해에서만 볼 수 있을 것이다.

금산 보리암에서의 시간은 유독 느리게 흐른다. 이곳에서 마저 바쁘다면 참 슬프겠지. 띵띵띵띵- 울리는 종소리와 함께 조용히 바다를 내려다보자. 분명 마음이 편안해지는 시간이 될 것이다.

금산 보리암 옆, 비밀스러운 작은 산장 하나가 자리 잡고 있다. 몇 년 전부터 꾸준하게 사랑받는 금산산장이 그 주인공이다. 금산산장이 유명해진 건 다름 아닌 젊은 여행객들 덕분이다. 언제부터인지 모르겠지만, SNS의 성지가 되었고 심지어 이곳을 보기 위해 보리암을 찾을 정도로 폭발적인 인기를 얻기 시작했다. 지금은 어느 정도 사그라든 듯하지만 말이다.

금산 보리암까지 부지런히 걸어왔다면 당연히 출출할 터. 아찔한 절벽 위에 차려진 테이블에서 저마다 무언가를 맛보기에 바쁘다. 해물파전부터 얼큰한 컵라면과 달달한 막걸리까지 온갖 먹거리들이 식욕을 자극한다. 물론 안주는 한려수도의 풍경이다. 금산산장을 그냥 지나친다면 분명 후회할 거다. 산꼭대기에 올라 신선놀음을 즐겨 보고 싶다면 단연코 이곳을 방문해 보길 추천한다.

알찬 여행 TIP

- 매표소부터 보리암까지는 도보 20분 정도 소요됩니다.
- 일출이 아름답기로 유명해 일출 시간을 확인해서 방문하는 것을 추천합니다.

행복의 기준은 무엇일까.

그저 이런 풍경을 바라보며

근심 걱정이 없는 것만으로도 행복하다고

느낄 수 있는 게 아닐까.

하루에 두 곳을 여행하는 법, 연대도와 만지도

추천 계절 : 사계절

언제부터 사람들이 이토록 출렁다리에 열광했는지 모르겠다. 연대도와 만지도에도 두 섬을 잇는 출렁다리가 생겼고, 출렁다리의 열광은 이 두 섬에게도 합류했다. 그 후로 연대도와 만지도의 관광객이 무려 3배나 늘었다고 한다. 하지만 연대도와 만지도에는 출렁다리뿐만 아니라 생각지도 못한 보물들이 구석구석 숨어 있다. 그럼 지금부터 연대도와 만지도의 보물들을 소개하겠다. 천천히 따라오시라.

통영에서 꼭 가 봐야 하는 여행지로 급부상한 연대도와 만지도는 당일치기로도 충분히 여행이 가능한 섬이다. 비교적 늦게까지 운행하는 배편과 더불어

아기자기한 섬의 면적 덕분이다. 두 섬을 돌아보는데 걸리는 시간은 고작 2시간 남짓이다. 만약 걸음이 빠르다면 시간을 더 단축할 수도 있다.

먼저 연대도에 내려서 걷는 길을 택했다. 연대도를 여행하는 포인트는 총 세 가지다. 실제 마을 주민들이 오갔던 지겟길과 동그란 몽돌이 가득한 몽돌해변 마지막으로 에코 아일랜드라는 별명에 걸맞은 에코아일랜드 체험센터다. 마을길을 지나쳐 지겟길과 몽돌해변, 에코 아일랜드센터 순으로 돌면 섬을 쉽게 구경할 수 있다.

연대도 지겟길은 주민들이 오가던 산길을 따라 산책로를 마련해 둔 길이다. 길이만 약 2.2km인 이 섬은 능선을 따라 한 바퀴 쉽게 둘러볼 수 있으니 섬 전체를 조망하고 싶다면 지겟길을 부지런히 걸어도 좋겠다. 약간의 정보를 덧붙이자면 '지겟길'은 옛 어른들이 지게를 지고 나무를 다니던 길이라 하여 붙여진 이름이다.

지겟길을 따라 걷다 보면 어느새 아기자기한 몽돌해변을 마주친다. 그런데 이곳 심상치 않다. 깎아지를듯한 절벽 하며 눈이 시리게 푸른 바다가 장관이다. 연대도에서 가장 예쁜 장소를 꼽으라 하면 단연코 몽돌해변을 꼽을 만큼 아름답다. 하물며 바다에서 불어오는 바람도 완벽하다. 덕분에 잠깐이나마 발걸음을 멈추고 쉬어가는 것을 택했다. 이곳이라면 그렇게 해야만 한다.

몽돌해변에서 한껏 쉬었다면 에코아일랜드 체험센터까지 단숨에 발걸음을 옮겨도 좋다. 섬의 모든 전력을 태양광으로 자체 공급하는 연대도는 전 세대에 전력을 공급해도 에너지가 남아돈단다. 그만큼 친환경적인 섬이란 소리다. 그 친환경적인 요소를 관광에 접목한 곳이 바로 에코아일랜드 체험센터다. 옛 분교를 개조해 만든 체험센터는 이 섬만의 독특한 여행지다. 어느 섬에서 이런 곳을 운영할까. 오직 에코아일랜드라 불리는 연대도만이 가능할 것이다.

연대도와 만지도는 이웃 섬이면서 동시에 형제섬으로 통한다. 출렁다리 덕분에 쉽게 오갈 수 있기 때문이다.

출렁다리가 놓이기 전, 연대도와 만지도는 그저 평범한 섬에 속했다. 다른 섬과 마찬가지로 바다가 예쁘거나 조용한 섬일 뿐이었다. 하

지만 출렁다리가 놓인 이후 하루에 두 섬을 오갈 수 있어 많은 관광객이 몰려들기 시작했고 당당히 통영을 대표하는 섬으로 자리 잡았다.

'만지도'란 이름은 인근 섬보다 인구가 늦게 정착한 섬이라는 데서 유래되었다. 연대도보다 더 작은 섬이기에 그럴지도 모르겠다. 연대도도 마냥 작은 섬인데, 만지도는 오죽할까. 하지만 연대도만큼 볼거리가 다양했다. 연대도와 연결된 출렁다리부터 시작해 바다를 따라 걷는 해안산책로와 만지봉을 잇는 둘레길까지. 고작 옆에 있는 섬인데 에메랄드빛 물색하며 야트막한 산책길까지 연대도와는 또 다른 매력을 지니고 있었다.

신기했던 건 불과 몇 걸음 떨어진 섬이지만 바다의 색이 달랐던 점이다. 몰디브에서나 볼 수 있는 에메랄드빛의 바다는 연대도와 다르게 오묘하기까지 했다. 에메랄드빛 바다를 따라 기분 좋은 산책을 하다 보니 어느새 마을에 도착했다.

마을의 풍경은 연대도보다 더 소박했다. 15가구 정도가 거주하고 있고 대부분 어업을 하고 있단다. 마을 여기저기에는 조그마한 카페와 식당들이 자리 잡고 있다. 소박한 감성을 좋아하는 사람이라면 무조건 좋아하게 될 섬이다.

마을 뒤편으로 이어진 둘레길도 빼놓을 수 없다. 둘레길은 야트막한 높이로 누구나 쉽게 걸을 수 있다. 둘레길을 따라 고개를 돌리면 탁 트인 바다 풍경이 보인다. 저 멀리에는 욕지도와 연화도의 모습까지 볼 수 있다. 천천히 걸으며 통영의 한려수도를 한눈에 담아 보는 것도 좋겠다. 만지도 여행이 끝나면 다시 연대도로 돌아갈 필요 없이 만지항에서 출항이 가능한 점도 기억해 두자.

알찬 여행 TIP

- 두 섬 모두 돌아보는데 도보 4시간 정도 소요됩니다.
- 섬 안에 있는 식당이나 카페에서 쉬어가는 것도 여행을 즐기는 좋은 방법입니다.

{ 경기 안성 }

이국적인 여행지 끝판왕, 안성팜랜드

추천 계절 : 봄

경기도에서 이국적인 여행지의 끝판왕을 꼽자면 내 기준 단연코 안성팜랜드가 1위다. 거짓말 조금 보태 이탈리아의 토스카나를 닮았다고 해도 과언이 아닐 정도로 이국적인 매력이 가득해 종종 찾게 되는 여행지 중 한 곳이다.

코로나로 해외여행이 쉽지 않았던 봄이었다. 오랜만에 해외여행의 기분을 느껴 보고 싶었지만 마땅하게 갈 곳도 없었다. 나름 안전한 곳을 찾다 보니 문득 안성팜랜드가 떠올랐다. 서울에서 1시간 정도면 갈 수 있어 거리도 딱 좋다. 그렇게 운전대를 잡고 들뜬 마음으로 안성팜랜드로 향했다.

봄과 여름 그리고 가을까지 계절마다 다양한 매력을 지닌 곳이지만 내 기억 속 가장 아름다웠던 계절은 바로 봄이었다. 마치 윈도우 바탕화면을 연상케 하는 초록빛의 들판하며 유채꽃으로 가득한 꽃밭까지 곳곳을 거닐다 보면 어느덧 해외여행을 하는 듯한 착각마저 들 정도였다.

도착한 안성팜랜드는 여전했다. 아니, 오히려 더 아름다워졌다는 게 맞는 표현이겠다. 전에는 보지 못했던 토스카나를 닮은 블루애로우 가로수길이 추가되었고 들판을 노란빛으로 가득 메운 유채꽃밭과 초록 물결로 일렁이는 호밀밭까지 더욱 웅장하고 아름다운 모습으로 다가왔다. 종종 찾는 곳이었지만 볼 때마다 놀라운 풍경에 입이 떡 하니 벌어졌다.

너른 들판을 따라 가볍게 산책을 시작했다. 호밀밭 사이에 들어가 사진을 남겨 보기도 하고 저 멀리 보이는 창고 건물을 배경으로 사진 한 장, 유채꽃밭 능선 사이에서 사진 한 장을 찍었다. 속으로 '여기 우리나라 맞아?'를 수백 번 외쳤다. 그렇게 들판을 따라 2시간 정도 미친 듯이 다니며 사진을 남기다 보니 어느덧 해외여행에 대한 갈증이 점차 사라져만 갔다.

해외여행을 가고 싶지만, 시간이 없다거나 돈이 부족하다면 단연코 안성팜랜드에 꼭 와 보시라. 분명 이국적인 풍경에 매료될 것이다.

알찬 여행 TIP

- 봄에는 유채꽃이 피고 여름에는 해바라기, 가을에는 코스모스가 피는 곳으로 계절마다 가도 좋습니다.
- 안성팜랜드의 대표 건물인 창고 건물과 함께 사진을 담으면 이국적인 사진을 건질 수 있습니다.

04

여유를 즐기는 여행

{ 경남 남해 }

신비한 계단식 논,
다랭이마을

추천 계절 : 봄, 여름

세상에나, 뭐 이런 곳이 있을까 싶었다. 거대한 정원을 옮긴 것처럼 신기했으니까 말이다. '고층일수록 땅값이 더 비싸지진 않을까' 하는 엉뚱한 상상도 했다. 아무튼 계단식으로 층층이 쌓여 있고 바다가 펼쳐져 있는 이 마을은 나에게 충격과도 같았다. 세상에서 이런 곳을 본 적이 없었으니 말이다.

남해 다랭이마을은 깎아지를듯한 해안절벽에 자리하고 있다. 이 척박한 땅에 사람들이 하나둘 모였고, 정성 들여 땅을 개간하고 석축을 쌓아 올려 계단식 논에 농사를 짓기 시작한 것이다. 걷기도 힘든 비탈길에 오밀조밀 집들이 지어진 후에야 마을에 생기가 돌기 시작했다.

작은 마을의 앞으로는 바다가 자리하고 있다. 당장에라도 뛰어들고 싶은 바다다. 낮은 지붕 사이로 쪽빛 바다가 펼쳐져 있는 곳이라니.

coffee

이토록 매력적인 곳이 있을 줄이야. 다랭이마을 주민들은 바다가 일상이 되어 그런지 큰 감흥은 없다고 한다.

얼기설기 얽혀 있는 마을길을 따라 걸었다. 당최 어디가 시작이고 끝인지 감이 오지 않는다. 이럴 바엔 아무 생각 없이 걷는 게 낫겠다 싶어 가방에 든 에어팟을 꺼내 귀에 살포시 꽂았다. 톡톡 튀는 음색이 발걸음을 재촉했다. 마을길 사이에는 제법 감성 넘치는 가게가 눈에 띄었다. 굶주린 배를 채워 줄 식당도 있었고 바다를 보며 사색에 빠지기 좋은 카페도 있었다.

마을 아랫길에는 '다랭이 지겟길'이라 부르는 바래길 1코스가 자리하고 있다. 남해 평산항부터 다랭이마을까지를 잇는 약 16km의 코스인데, 그중 가장 아름답다고 소문난 길이 다랭이마을이다. 수많은 여행객이 다녀간 덕분에 이미 길은 곱게 다져 있었고, 가파른 길과 내리막길이 반복됐다. 지칠만하면 바다와 가까워졌고 선선한 바람이 불어왔다. 바래길의 묘미는 이것이 아닌가 싶다. 절대 여행자를 지치게 하는 법이 없었고 혹여나 지친다 해도 상관없었다. 그저 주저앉아 쪽빛 바다를 바라보며 쉬어가면 그만이다.

다시 출발점으로 간다. 때마침 노래 리스트의 마지막 곡도 흘러나오던 참이었다. 적당히 마무리하기 좋은 시점이다. 길 끝에는 작고 귀여운 생명체가 먼저 다녀갔는지 앙증맞은 흔적을 남기고 갔다. 괜스레 기분 좋은 미소가 지어졌다. 이곳 참 매력 있다니까.

알찬 여행 TIP

- 다랭이마을 구석구석에는 카페들과 식당들이 있어요. 여유롭게 산책하고 쉬어갈 수 있는 공간을 찾아보세요.
- 마을 가장 위쪽에 다랭이마을의 계단식 논을 촬영할 수 있는 전망대가 마련되어 있습니다. 다랭이마을의 특별한 전경을 함께 담아 보세요.

{ 강원 동해 }

동해에 숨겨진 비밀, 논골담길

추천 계절 : 사계절

동해를 여행한 사람 모두가 논골담길을 여행지로 추천한다. 논골담길에는 무엇이 있길래, 사람들은 그토록 이곳을 찬양하는 것일까. 그 이유를 찾기 위해 이번 겨울은 동해를 여행하기로 마음먹었다.

늦은 오후에 도착해 저녁까지 부지런히 걷고 사진도 찍으며 논골담길을 느껴 보았다. 논골담길을 여행하는 건 이번이 처음이 아니다. 이 사실을 깨달았던 건 논골담길에서 마을을 내려다보았을 때였다. 얼기설기 거미줄처럼 모여 있는 마을의 모습이 낯설지 않았고, 파란색과 빨간색으로 뒤덮인 지붕이 왠지 모르게 정감이 갔다. 기억을 되새겨 보니, 스무 살 즈음 아무것도 모르고 여행했던 그 마을이었다.

꽤 긴 세월이 흐른 논골담길은 무척이나 변해 있었다. 마을 주변으로는 바다가 보이는 카페가 생겼고, 하룻밤 묵어갈 수 있는 숙소가 생

졌으며, 마을 벽에는 주민들이 직접 그린 그림들이 그려져 있었다. 하지만 예나 지금이나 정감 가는 마을인 건 변함없는 사실이다.

논골마을은 굴곡진 언덕길을 따라 옹기종기 모여 있는 조그마한 마을이다. 묵호항이 활발했던 시절, '거리의 개들도 만 원짜리 지폐를 물고 다닌다'라는 농담이 전해 내려올 정도로 이 마을은 활기가 넘쳤다. 하지만 1980년대, 사람들이 하나둘 떠난 논골마을에는 조용함으로 가득 찼다. 그렇게 30년이 지났을까. 마을 주민의 노력 덕분에 논골마을이 다시 활기를 찾기 시작했다. 잊혀져 가는 논골마을을 위해 마을 벽면에 묵호의 이야기를 그린 것이 입소문을 타 어느덧 동해를 대표하는 여행지로 거듭난 것이다.

논골담길은 총 4개의 골목으로 이어진다. 논골1길부터 2길, 3길 그리고 묵호등대로 가는 바람의 언덕길이다. 골목마다 뚜렷한 특색이 있는 건 아니지만 정감 가는 풍경만은 여전하다. 곳곳에 배치된 물건과 그림은 하나하나 논골마을의 이야기를 담고 있다. 때문에 '마누라, 남편 없이는 살아도 장화 없이는 못 산다'라는 이야기와 함께 우연히 장화를 마주쳐 웃음이 피식 새어 나오기도 했다.

마을길을 꽤 걸으니 제법 시원한 풍경이 나타났다. 바다를 등지고 있는 마을을 보기만 해도 속이 뻥 뚫렸다. 아마 스무 살의 나도 분명 이 풍경에 매료됐겠지. 이토록 시원한 바다를 싫어하는 사람은 아무도 없을 거다.

알찬 여행 TIP

- 논골담길의 구석구석에는 카페가 있습니다. 전망 좋은 카페에 앉아 여유롭게 커피 한잔 즐겨 보세요.
- 논골담길 정상에는 묵호등대와 도깨비골 스카이밸리가 있으니 가 보는 것을 추천합니다.
- 사진 찍는 장소로는 논골담길의 바람의 언덕을 추천합니다. 묵호항과 동해를 한눈에 담을 수 있고 올망졸망 모여 있는 마을의 모습까지 함께 담을 수 있어요.

{ 경남 통영 }

통영의 단골손님, 미래사 편백나무숲

추천 계절 : 사계절

4년 전쯤이었을까. 처음으로 홀로 여행을 떠났던 내게 통영은 따뜻한 자리를 내어 주었고 그렇게 통영은 기억에 뚜렷하게 남은 여행지가 되었다. 통영을 여행하는 건 올해만 네 번째다. 일상 속 간간이 생각났던 이곳은 시간이 날 때마다 나를 이끌었고, 그럴수록 내게 조금 더 속살을 내비쳤다. 여행 횟수로만 무려 11회차다. 11회차 중 5회차부터는 꾸준히 미래사 편백나무숲을 들르고 있다.

이곳을 처음 알게 됐던 건 소중한 사람들과 여행했을 적이었다. 부슬부슬 비가 내렸고 한 치 앞도 안 보일 정도로 안개가 자욱했지만, 소중한 사람들과 걷는 이 길이 좋았고 공기마저 달콤했다. 그렇게 이곳의 첫 번째 추억이 만들어졌다. 그 첫 기억이 좋아서일까. 매번 통영을 들를 때마다 시간이 없든, 다른 할 일이 있든 간에 무조건 이곳부터 들르게 되었다. 이제는 일종의 습관이 돼 버린 것이다.

하늘 위로 쭉쭉 뻗은 편백나무는 왠지 모를 포근함으로 다가온다. 은은하게 퍼져오는 편백 향을 따라 천천히 숲길을 걷는 순간은 모든 것을 내려 놓을 수 있어서 좋았다. 나무 사이로 비치는 햇살을 따라, 가지런히 정돈된 듯 빼곡하게 들어선 편백나무를 따라 천천히 거니는 것이 전부인 이곳을 마냥 걸을 수 있어서 좋았다.

숲 끝에는 예상치 못한 선물이 기다리고 있었다. 바로 통영의 한려수도를 바라볼 수 있는 전망대다. 어떻게 통영은 그리 잔잔할까. 비가 오는 날이든 바람이 휘몰아치는 날이든 이곳에서 바라보는 바다는 항상 잔잔하고 평화롭다. 잠시나마 땀을 식히고 평온함을 한가득 느끼며 시간을 보냈다. 참, 이곳엔 산고양이가 살고 있다. 미래사 스님께서 밥을 챙겨 주신단다. 아기 고양이일 때가 엊그제 같은데, 이제는 이미 다 커 버렸다. 그래도 가끔 츄르를 챙겨 준 게 생각이 나는지 경계를 하다가도 살며시 다가와 몸을 비빈다.

편백나무숲 맞은편에는 미래사가 있다. 무소유의 삶을 실천해 온 법정 스님이 출가한 절로도 유명하다. 이 사실을 최근에야 알아서인지, 이곳에 들를 때마다 마음을 비우려고 노력한다. 그 마음으로 한참을 앉아 있다가 가면 왠지 모를 상쾌함이 찾아오기도 한다.

깊은 산세에 조그마한 사찰이 놓여 있는 것뿐이니 크게 구경할 것은 없다. 그저 찾는 일이라곤 마음을 어루만지는 일이다. 사실은 그 이유로 미래사를 찾는 것일지도 모른다.

알찬 여행 TIP

- 미래사 편백나무숲에는 스님들이 돌보는 귀여운 고양이 가족이 살고 있어요. 고양이 간식을 챙겨가 보세요.
- 미래사 뒤편의 숲길을 따라 30분 정도 등산하면 속이 뻥 뚫리는 미륵산 정상까지 갈 수 있습니다.

{ 제주 }

바람이 머무르는 섬, 가파도

추천 계절 : 봄

제주에서 가장 많다는 '바람, 여자, 돌' 그중에서도 바람이 가장 오래 머무르는 섬이 있다면 가파도다. 섬 속의 섬, 가파도는 제주에서도 배를 타고 들어가야 만날 수 있는 섬이다. 매년 봄이면 새파란 도화지에 초록빛 물감을 가득 풀어놓은 풍경을 볼 수 있다.

가파도에 가면 항상 자전거를 이용해 섬 한 바퀴를 천천히 둘러본다. 온통 평지뿐인 가파도의 길을 따라 바람이 이끄는 대로 자전거 바퀴를 굴리다 보면 걸리는 것 하나 없는 풍경이 두 눈에 모두 들어온다. 자전거를 타다가 마음에 드는 풍경을 발견했다면 그대로 잠깐 멈춰 여유를 갖는 시간을 가지면 된다. 이것이 가파도를 가장 잘 즐기는 방법이다.

가파도를 추천하는 계절은 따로 있다. 사계절 중 바로 '봄'이다. 가파도는 매년 청보리축제가 진행될 만큼 봄이면 섬 전체에 청보리가 바람에 이리저리 춤을 추고 있다. 실수로 파란 물감을 쏟아부은 듯한 바다와 제주의 수호신처럼 자리를 떡하니 지키고 있는 산방산까지 봄의 가파도는 어느 하나 버릴 것 없이 예쁜 풍경이 가득하다.

청보리밭 사이로 들어가 사진 한 장, 낮은 돌담길 사이에서 사진 한 장을 찍자. 그러다가 힘이 들면 아무 곳이나 들어가 달달한 핫도그에 쌉싸름한 커피 한 잔까지 더하면, 무릉도원이나 다름없다. 마음이 허해질 때면 어느 곳으로 시선을 옮겨도 좋다. 마음이 가는 대로 바라보자. 두 눈에 한 움큼 담아내면 마음이 절로 풍족해지는 느낌을 받을 수 있을 것이다.

알찬 여행 TIP

- 골목길 사이에 바다가 보이는 곳에서 사진을 찍는 것을 추천합니다.
- 청보리밭과 산방산이 보이는 곳에서 사진을 남겨도 좋습니다.

{ 제주 }

우연히 만난 풍경, 신창풍차해안도로

추천 계절 : 여름

가끔 어떠한 여행이 사무치게 기억에 남기도 한다. 가령 선선하게 불어오는 바람이 좋아서, 노을이 미치도록 아름다워서 그리고 우연히 만난 풍경이 마음에 쏙 들어서 등 사소한 이유 하나로 기억에 잊히지 않는 그런 여행 말이다.

절대 잊지 못할 여행을 했던 날이 그러했다. 제주를 여행하던 중 그저 여유 부릴 요량으로 신창풍차해안도로에 갔다. 비록 태풍 영향권으로 한바탕 비를 쏟아 냈고 하늘은 파란색이 한점 없는 우중충한 날씨였지만 괜찮았다. 그저 좋은 곳에 앉아 있을 곳이 필요했으니까.

휭휭 돌아가는 풍력발전기와 세차게 부는 바람 소리 그리고 암흑이라도 집어삼킬 것 같은 바다에서 좋은 자리를 물색했다. 그러고선 엉덩이를 착 붙인 뒤 멍을 때리기 시작했다.

고요한 느낌만이 가득했고 세상에 나 홀로 남겨진 기분이었다. 이토록 기분 좋은 순간을 평생 만끽하고 싶었다. 그때, 우중충한 하늘 한편에 구멍이 뚫리며 붉게 물든 하늘이 빼꼼 모습을 드러냈다. 노을이라곤 기대하지도 않았건만 이렇게 기대도 안 했던 순간에 다가오는 선물은 정말 큰 행복이었다.

노을이 구름을 뚫었고 하늘은 점점 불타오르기 시작했다. 먹색으로 가득했던 도화지에 타오를 것만 같은 빨간색과 오묘한 보라색이 계속해서 섞어나가는 것만 같았다. 이내 하늘 전체가 생전 처음 보는 비현실적인 색으로 물들었고 이곳에서 인생 여행을 만나고야 말았다.

가끔 사무치게 기억에 남는 여행이 있다. 예상치도 못한 순간에 훅 다가온 그런 이유 하나만으로 말이다.

알찬 여행 TIP

- 전기 자전거를 대여해 신창풍차해안도로를 따라 한 바퀴 드라이브해 보세요.
- 썰물 시간에 남아 있는 물과 물에 반영되는 풍차를 함께 찍으면 예쁜 사진을 얻을 수 있답니다.

{ 충남 논산 }

초록빛을 가득 머금은 곳, 온빛자연휴양림

추천 계절 : 여름

여름 하면 가장 먼저 떠오르는 색은 초록색이다. 그런 초록색을 완전히 담은 여행지가 있다. 보기만 해도 싱그러운 색을 가득 머금고 있는 곳, 심지어 거짓말 조금 보태 북유럽 여행을 다녀왔다고 사진을 보여주면 믿을 수 있는 그런 곳이다. 그만큼 이국적인 여행지이자 여름에 꼭 가 봐야 할 여행지가 바로 온빛자연휴양림이다.

그만큼 아름다워서일까. 한껏 유명세를 탔던 드라마 〈그 해 우리는(2021)〉과 〈아무도 없는 숲속에서(2024)〉 등 다양한 드라마의 배경이 되어 많은 사람이 온빛자연휴양림을 찾기 시작했고 어느새 나도 몸이 이끄는 대로 그 대열에 합류해 이곳에 방문했다.

온빛자연휴양림은 하늘로 길게 뻗은 메타세쿼이아가 매력적인 여행지다. 얼마큼 높았는지 메타세쿼이아의 초록빛이 공간 전체를 둘러싸 웅장함까지 느껴질 정도였다. 향긋하게 풍겨오는 풀냄새, 잔잔하게 불어오는 바람, 졸졸 흐르는 물소리와 지저귀는 새소리까지 모든 것이 안락했다.

그저 유명한 곳이라 여행한 곳이었는데 생각보다 안락해진 마음에 입꼬리가 슬쩍 올라갔다. 향긋한 숲 내음을 맡으며 걷다 보니 어느새 입구부터 숲길까지 20분간 쉴 틈 없이 걸었다. 홀로 찬찬히 걸으며 숲을 지나니 내내 명상하는 기분까지 들 정도였다.

숲길의 끝에는 SNS에서 보았던 작은 호수가 있었다. 숲을 안고 있는 호수는 마음과 몸이 지쳐 있는 누군가를 위로하기에 충분해 보였다. 호수에 비치는 초록빛하며 이국적인 건물까지 어느 하나도 마음이 가지 않는 게 없었다. 삼삼오오 모여 가만히 호수를 즐기고 있는 사람들을 보니 그 장면이 이뻐 보여 나도 모르게 카메라 셔터를 연신 눌렀다.

호수에서 조금 더 깊숙한 산속으로 들어갔다. 어느새 마음은 여유와 새로움만이 있었고 그 마음을 마지막으로 가만히 숲을 바라보았다. 사람은 많지만 아무도 서로를 신경 쓰지 않았다. 군중 속의 고독일 수도 있겠지만, 이곳에서의 고독은 나에게 자유를 주었다.

어느덧 시간이 흘러 높게 뻗은 나무 사이로 한 줄기 빛이 내려왔다. 여름의 빛이었다. 그것도 아주 기분 좋은 여름. 매일 만나고 싶은 여름은 이런 느낌이 아닐까. 매년 여름이면 찾아오고 싶은 여행지가 생겼다는 생각에 내심 미소가 흘러나왔다.

알찬 여행 TIP

- 여름에는 초록색, 가을에는 빨간색이 물드는 곳으로 계절마다 가도 좋습니다.
- 평소에는 목조 건물만 있지만, 상황에 따라 예쁜 세트장이 꾸며 있기도 하답니다.
- 호숫가 아래에 사람을 세워 두고 위에서 사진을 찍어 주세요.

{충남 보은}

느긋하게 쉬어가는 힘, 말티재 전망대와 법주사

추천 계절 : 여름, 가을

어김없이 가을이 찾아오고 말았다. '행락철(行樂-)', 내가 생각하는 가을의 또 다른 이름이다. 적당히 좋은 온도와 깨끗한 날씨 그리고 울긋불긋 고운 색을 자랑하는 단풍까지 말 그대로 여행을 즐기기 가장 좋은 계절이다.

여행을 업으로 삼은 난 가을철이면 가장 바쁜 일상을 보내곤 한다. 하지만 온전한 가을 여행을 즐기기 힘든 고충도 있다. 늘 누구나 알만한 여행지에 출장을 가야 했으며 어디를 가도 사람이 많은 여행지에 놓였다. 그럴 때면 가을 여행은 '여행'이 아닌 '일'이 되곤 했고, 온전히 가을을 느껴 본 게 언제인지 가물

가물하다.

올해는 나를 위한 가을 여행을 떠나기로 결심했다. 여행의 기준은 명확했다. 우선 사람이 많이 없을 것, 둘째로 잘 알려지지 않은 여행지일 것, 마지막으로 즐길 수 있는 체력을 위해 그리 멀지 않은 곳일 것. 지도 앱을 켜 종일 지도를 뒤적이기 시작했고 그렇게 찾은 곳이 바로 속리산을 품고 있는 도시, 보은이었다.

속리산 자락에 둘러싸인 보은은 매력 있는 여행지다. 어디서든 조용한 분위기를 느낄 수 있었고 사람들에게선 바쁨보다는 여유로움이 느껴지기까지 했다. 덕분에 나도 모르는 새 느긋하게 쉬어갈 수 있는 힘을 얻었다. 그중 보은에서 가장 좋았던 여행지를 두 곳을 꼽자면 단연코 말티재 전망대와 법주사다.

쉴 틈 없이 꼬불거리는 말티재 고개를 따라 오르다 보면 기와 형태를 한 모습의 지붕이 등장한다. 이곳에선 보은을 한눈에 내려다볼 수 있도록 높게 올린 전망대가 조성되어 있는데 이곳이 바로 보은의 명당이다. 힘겹게 올라왔던 꼬불꼬불한 도로에서 아래를 내려다보는 순간 어디에서 쉽게 볼 수 없는 풍경과 양옆으로 가을이 잔뜩 내려앉은 풍경이 파노라마처럼 펼쳐져 있어 눈으로 담고 있으면 황홀함까지 느껴진다. 이곳에서는 무언가를 하려고 하지 않는 게 좋겠다. 그저 잔뜩 멍을 때리는 것을 추천한다.

말티재에서 벗어나 20분 정도 걸으면 고즈넉한 사찰인 법주사를 만날 수 있다. 법주사까지 향하는 세조길은 온통 나무로 둘러싸여 있어 걷다 보면 자연과 하나가 되는 경지에 이를 수 있다. 천천히 숲 내음을 맡으며 걷는 기분은 청량하기까지 하다.

경내는 고요함으로 가득했다. 고요함을 반찬 삼아 천천히 걷다 보면 어느새 눈앞에 거대한 오층목탑을 마주할 수 있는데 이국적이면서도 독특해 보이는 목탑은 신비롭기까지 하다. 나무의 결을 따라 세월의 흔적을 가득 머금고 있는 목탑을 엿보는 일은 흔치 않으니 여유롭게 그냥 걸어 보자. 보은을 즐기는 방법은 여유롭게 걷는 게 최고니까.

알찬 여행 TIP

- 우리나라의 유일한 오층목탑인 법주사 팔상전 앞에서 사진을 남겨 보세요.
- 사찰 입구 프레임에서 사진을 찍으면 더욱 멋진 사진을 얻을 수 있답니다.
- 말티재 전망대는 이용 시간이 정해져 있으니 확인하고 가는 것을 추천합니다.

{ 서울 }

가을에 가야 하는 이유, 하늘 공원 억새축제

추천 계절 : 가을

찬란했던 여름이 지나 선선한 가을바람이 불어오면 서울에서 가장 먼저 찾는 장소가 있다. 이름만 들어도 기분 좋은 하늘 공원이다.

이곳을 찾는 이유는 여러 가지가 있다. 첫째로, 각박하다고 생각하는 서울에서 숨통이 트이는 몇 없는 장소다. 빌딩숲 사이에 둘러싸인 서울에서 자연을 느낄 수 있는 장소랄까. 이름 그대로 하늘 위에 지어진 것만 같은 공원은 답답한 마음을 뚫기에 충분했다. 눈에 걸리는 것 없이 드넓게 펼쳐진 푸릇함으로 가득 채워진 풍경은 이곳에 오게 하기에 충분히 매력적인 공간이었다.

둘째로, 완연한 가을이 찾아올수록 점점 은빛으로 물들어 가는 공원을 볼 수 있다. 하늘 공원의 메인 디쉬는 누가 뭐래도 억새다. 억새가 군락으로 펴 있는 유일한 공원이자 가을에 가장 걸맞은 공원인 셈이

다. 바람의 형태를 따라 이리저리 고개를 돌리는 억새밭을 보고 있노라면 왠지 모르게 근심과 걱정이 훤히 날아갈 듯하다. 덕분에 이곳에서 수십 분 동안 멍을 때리기도 했다. 아마 서울에서 유일하게 억새 군락지를 만날 수 있는 곳이기도 해 가을에 매년 찾게 되는 단골 코스가 되었다.

하늘 공원의 또 다른 이름은 노을 공원이다. 그만큼 서울의 노을 명소로도 소문이 난 곳이라 해가 떨어질 때면 많은 사람이 찾는다. 특히 해가 옆으로 눕는 시간이 되면 주황빛이 공원을 물들기 시작하는데 이 시간이 가장 아름답다. 은빛으로 일렁였던 억새는 점점 주황빛을 머금기 시작하고 이내 둥그런 해가 모습을 드러낸다. 내려다보이는 한강과 서울 일대의 모습은 어느 계절에 와도 로맨틱한 모습을 뽐내기에 노을 명소를 찾고 싶다면 꼭 한번 가길 추천한다.

하늘 공원 아래편에 조성된 메타세쿼이아길도 함께 둘러볼 만하다. 반듯하게 길목을 지키고 있는 메타세쿼이아는 여름엔 시원한 그늘이 가을엔 특별한 볼거리가 되기도 해 하늘 공원에 오르기 전 가볍게 산책해 보면 좋다.

알찬 여행 TIP

- 억새밭은 10월 중순부터 예쁜 모습을 볼 수 있습니다.
- 노을이 아름다워 해질녘 부근에 방문하면 감성적인 사진을 얻을 수 있답니다.

{ 충남 당진 }

나 홀로 즐기는 벚꽃축제, 벚꽃 명소 세 곳

추천 계절 : 봄

또다시 봄이다. 이맘때쯤이면 눈꼴신 건 어쩔 수 없나 보다. 벚꽃 명소에는 언제나 사랑이 넘쳤고, 벚꽃 시즌에 늘 혼자였던 나로선 외로운 건 조금 슬펐다. 그래, 내가 졌다. 그럼 혼자 즐길 수 있는 벚꽃 명소를 찾아갈 수밖에.

이번 벚꽃 시즌은 도시가 아닌 시골에서 보내기로 했다. 커플이라곤 찾아볼 수 없는 아주 한적하고 조용한 그런 곳 말이다. 멀리 갈 필요는 없겠지. 지도 앱을 뒤적여 서울에서 그나마 가까운 곳을 찾아본다. 정했다. 목적지는 충청도다. 이름만 들어도 구수하고 한적해 보이는 충청도, 그렇게 충남 당진으로 향했다.

첫 번째로 찾은 곳은 합덕제였다. 당진 사람이었던 Y에게 추천을 받은 곳으로 당진 사람이 아니면 절대 모르는 곳이란다. 제방길을 따라 이어진 벚꽃나무 터널과 한편에는 노란빛의 수선화가 고운 색감을 자랑하고 있었다. 사람이 없던 건 보너스였다. 산책하는 몇몇 사람들만 보였을 뿐 나처럼 사진을 찍거나 여행을 온 사람은 없어 보였다. 역시, 현지인 정보는 믿을 만하다니까. 벚꽃나무 옆에는 유럽의 어느 공원에 있을 법한 푸릇한 잔디밭이 넓게 펼쳐져 있었다. 잔디밭에 풀썩 주저앉아 여유를 느껴 본다. 음, 역시 벚꽃놀이는 이 맛이지.

두 번째로 찾아간 곳은 골정지다. 골정지는 조그마한 저수지를 따라 벚꽃나무길이 둥글게 이어져 있는 곳이다. 이곳도 마찬가지로 몇몇 사람들만 알고 있을 뿐이다. 이곳에 도착해 저수지를 따라 가볍게 산책했다. 때마침 어디선가 바람이 불어와 벚나무를 간지럽힌다. 수줍은 듯이 나뭇가지가 흔들리고 하늘에선 벚꽃 비가 우수수 쏟아졌다. 마치

스노우볼에 갇힌 것처럼 주변에 벚꽃잎이 흩날렸다. 사람이 없던 곳이기에 혼자 영화 속의 주인공이 된 것만 같은 기분을 잔뜩 느꼈다.

잔뜩 휴식을 취한 후, 마지막으로 당진천에 도착했다. 당진천은 하천을 따라 양옆에 벚꽃나무가 가득 펴 있었다. '시골'이란 단어가 가장 잘 어울리는 곳이었다. 주변엔 높은 건물 하나 없었고 오롯이 흙과 나무와 하천뿐이었다. 바라보는 것만으로도 마음의 평화가 찾아왔다. 벚꽃놀이를 한적하게 즐겨 본 게 얼마 만일까. 이 정도면 혼자 벚꽃놀이를 즐겨 보는 것도 좋다.

알찬 여행 TIP

- 합덕제에서는 벚꽃나무길 뒤편에 자그마한 수선화밭이 있습니다.
- 골정지의 벚꽃나무길은 밤에 라이트업을 함께 진행하니 밤에 가는 것을 추천합니다.
- 당진천에서는 다리 위에서 하천 방향으로 사진을 촬영하면 예쁜 사진을 얻을 수 있답니다.

{ 강원 평창 }

무더위를 피하는 방법, 대관령 삼양라운드힐

추천 계절 : 여름

"내일도 무더운 날씨를 기록하겠습니다. 하지만 무더위 속에서도…"

거실 한편에 틀어 두었던 TV 속에서 올해도 뜨거운 여름이 될 거라고 흘러나왔다. 다만, 대관령을 제외하고 말이다. 여름에도 시원한 곳이라니 제법 궁금해져, 난생 처음으로 대관령을 여행하기로 결심했다. 늦은 밤이었지만 마음만은 초롱초롱했다. 곧바로 짐을 싸 여행을 떠날 채비를 했다.

새벽 5시, 졸린 눈을 비비며 집을 나섰다. 아직 어둠이 물러나지도 않은 시간이지만, 유난히 설레는 마음에 부지런을 떨며 차량에 올라탔다. 목적지는 평창 삼양목장이다. 인천에서 꼬박 3시간을 달려야 하는 긴 시간이었지만 그런 건 중요치 않았다. 곧 시원함을 느낄 수 있었으니 말이다.

내달린지 얼마나 지났을까. 어느덧 삼양목장에 도착했다. 창문을 조금 열어 온도를 확인했다. 시원하고 청량하다. 여름에 이런 곳이 있었다니. 땀을 뻘뻘 흘리며 다녔던 여행만 하다가 오랜만에 청량감을 느꼈다.

구불구불한 목장길을 따라 오르기 시작했다. 오를수록 새파란 하늘이 보였고 널찍한 초원이 펼쳐졌다. 초원 곳곳에는 감성 넘치는 풍력 발전기가 하나씩 세워져 있었고 두둥실 떠다니는 구름에 정상까지 지루할 틈이 없었다.

정상에 도착해 차를 주차하고 본격적인 목장 탐방에 나섰다. 해발고도가 높은 덕분인지 뭉게구름은 내 눈앞에 자리했고 굵직하게 파노라마처럼 펼쳐진 산맥은 아침부터 부지런히 움직인 나에게 '자, 고생했어'라며 선물을 주었다. 정말, 이 맛에 여행하지. 눈 앞에 펼쳐진 풍력 발전기와 함께 사진을 찍어 보기도 하고 양들을 모는 보더콜리의 귀여운 재롱도 보았다.

걷는 길은 온통 드넓은 초원이었다. 초원을 따라 폴짝 뛰기도 하고 가만히 앉아 눈에 걸리는 것 하나 없는 풍경을 잔뜩 바라보기도 했다. 이런 기분을 느껴 본 게 얼마 만이었더라. 더위에 지쳐 여행을 급격히 줄였건만 이곳에서는 더위에도 여행할 용기가 생겼다. '앞으로 여름에는 삼양목장이야.' 여름에 꼭 가야 할 곳이 마음속에 또 하나 채워졌다.

알찬 여행 TIP

- 하절기에는 셔틀버스로 정상 전망대까지 운영하며 동절기에는 자차로 이동이 가능합니다.
- 하절기에는 양몰이 공연을 진행하니 시간에 맞춰 공연을 관람해 보세요.

우리는 조금 더 떠나도 됩니다

펴낸날 초판 1쇄 2025년 2월 10일

지은이 전망키 전은재

펴낸이 강진수
편　집 김은숙, 설윤경
디자인 이재원

인　쇄 (주)사피엔스컬쳐

펴낸곳 (주)북스고 **출판등록** 제2024-000055호 2024년 7월 17일
주　소 서울시 대문구 서소문로 27, 2층 214호
전　화 (02) 6403-0042 **팩　스** (02) 6499-1053

ISBN 979-11-6760-095-0 03810

책 출간을 원하시는 분은 이메일 booksgo@naver.com로 간단한 개요와 취지, 연락처 등을 보내주세요.
Booksgo는 건강하고 행복한 삶을 위한 가치 있는 콘텐츠를 만듭니다.